KB202514

머 나 먼
여 정

머 나 먼
여 정

ⓒ 존 엘 케네디, 2019

초판 1쇄 발행 2019년 7월 12일

지은이   존 엘 케네디
옮긴이   황성미
펴낸이   이기봉
편집   좋은땅 편집팀
펴낸곳   도서출판 좋은땅
주소   서울 마포구 성지길 25 보광빌딩 2층
전화   02)374-8616~7
팩스   02)374-8614
이메일   gworldbook@naver.com
홈페이지 www.g-world.co.kr

ISBN   979-11-6435-443-6 (03810)

이 도서의 국립중앙도서관 출판예정도서목록(CIP)은 서지정보유통지원시스템 홈페이지(http://seoji.nl.go.kr)와 국가자료공동목록시스
템(http://www.nl.go.kr/kolisnet)에서 이용하실 수 있습니다. (CIP제어번호 : CIP2019025365)

머 나 먼

여 정

존 엘 케네디 지음

황성미 옮김

나는 아주 멀고도 먼 길을 여행해 왔다.

내 삶의 여정이 나를 마음속 저 깊은 곳까지 이끌고 갔다.

좋은땅

목차

부록

나와 같은 경험을 한 수천 명의 어린이들과 그 경험을 글로 쓰기를 원했지만 쓸 수 없었던 사람들에게 이 책을 바칩니다.

그리고 나를 낳아 주셨지만 내가 평생 알지 못했던 내 아버지와 어머니께 바칩니다.

아버지 이봉진

어머니 김오순

작가의 말

    나의 아버지는 한국전쟁 후에 살해되었다. 60년이 지난 후에야 그의 죽음에 관한 진실을 알게 되면서 그가 왜 살해되었고, 그의 죽음이 우리 가족에게 어떤 영향을 끼치게 되었는지 이해하게 되었다.

    아직도 나는 어머니와 함께 아버지 무덤 앞에 서 있었던 장면을 뚜렷하게 기억하고 있다. 어머니의 얼굴은 내 기억에서 사라졌지만, 목 놓아 울던 어머니의 울음소리는 아직도 들린다. 나보다 세 살 어린 남동생은 소리를 지르면서 통곡했다. 코에서는 콧물이 끊임없이 흘러내렸고 두 팔로 어머니의 다리를 부여잡고 있는 그의 퉁퉁 부은 얼굴 위로는 눈물이 멈추지 않는 샘물처럼 흘러내렸다. 점점 커져 가는 그들의 울음소리가 산 전체에 메아리치고 있었다.

    울음이 멈추자, 깊은 산골짜기에서 느낄 수 있는 고요함과 평화가 우리 주위에 찾아왔다. 그날 다른 사람들을 만난 기억은 없다. 그때는 분명히 1954년 6월이나 7월이었던 것 같고 나는 6살쯤 되었다. 내 기억 속에 있는 세세한 내용들은 어린 소년의 시각에서 인지된 것들이므로, 내 어설픈 기억을 이해해 주기 바란다.

    내 긴 여정의 시작은 아버지의 무덤 앞 어머니와 남동생에 대한 어렴풋

한 회상에서 시작되었다. 이 모습은 정확하게 기억해 낼 수 없는 내 삶의 한 흔적이어서 어머니와 형제자매의 얼굴도 기억이 나지 않을 뿐 아니라 아버지와 관련된 어떤 형태의 접촉도 떠올릴 수 없다. 아버지의 이름도 얼굴도 전혀 기억이 나지 않는다. 그 당시 너무 어렸기 때문에 아버지의 죽음이나 전쟁 등 주위에서 일어나고 있는 일들을 이해하지 못했을 뿐만 아니라, 다섯 명의 아이를 가진 과부의 고단함이 어떤 것인지도 알지 못했다.

수많은 절망과 고통을 더 이상 견딜 수 없게 된 어머니는 온 가족에게 영향을 미치게 되는 어려운 결정을 하게 되었다. 내게는 형 한 명, 남동생 한 명, 누나 두 명이 있었는데, 가족들과 다시 만나게 되기까지 54년 이상이 걸렸다. 이 재결합은 우연히 만난 사람들과 연관되어 일어났던 하나하나의 사건들을 통하여 이루어지게 되었다.

위키 백과사전에서는 '기적'을 "자연재해에서 살아남거나 단순하게 불가사의한 일이 일어나는 것"과 같이 원칙에 어긋나지는 않으나 통계적으로 일어날 것 같지 않은 어떤 좋은 일이라고 묘사한다. 또한 신학자들은 "하나님이 사람들이 기적이라고 생각하는 것을 이루기 위해 자연의 원리를 조정할 수 있다"라고 말한다. 나는 그러한 기적이 나에게 일어났다고 믿는다. 믿기 어려울 정도의 확률에도 불구하고, 하나님이 내가 가족을 다시 찾을 수 있도록 이 기적을 만드셨다. 다른 설명은 있을 수 없다.

1장
아이들의 정원

억수 같은 비가 땅을 내리치고 있었다. 폭우에 의해 만들어진 물줄기가 마을의 저지대로, 길 위로, 갈라진 틈과 도랑으로 흘러내렸다. 모든 것이 활기를 띠고 살아나는 것처럼 보였다. 지구가 마지막 한 방울의 물까지 빨아들이는 거대한 스펀지인 것처럼 느껴졌다. 여름 호우는 곧 끝날 것 같지 않았다. 비는 그 지역을 흠뻑 적시고 메마른 논의 갈증을 해소시켜 주면서 장마기간 내내 내리고 있었다.

그날 나는 가족들과 헤어지게 되었다. 아버지의 무덤을 본 후 얼마 지나지 않아 우리는 어디로 가는지도 모른 채 버스에 태워졌다.

큰누나를 만나러 간 기억이 있다. 누나의 얼굴은 기억이 나지 않는다. 어떤 이유에서였는지는 모르지만, 큰누나가 이모 집에서 일하고 있었던 걸로 기억된다. 우리가 작별인사를 했었는지, 어떤 대화를 나눴는지는 전혀 회상할 수 없다. 이것이 어린 시절 큰누나와의 마지막 만남이 되어 버렸다. 앞으로 어떤 일들이 펼쳐질지 우리는 전혀 알 수가 없었다.

나는 어머니의 손에 매달려 있는 상태에서 강제로 떨어졌다. 내가 억지로 떨어져 나갔을 때 얼굴을 돌리고 흐느끼던 어머니의 울음소리를 결코 잊지 못할 것이다.

나는 길순 누나와 함께 버스에 태워졌다. 우리는 몇 시간 동안 버스를 타고 가서 어떤 시골길 위에 내렸고, 어떤 남자랑 같이 그 길을 걸었다. 길 양옆으로 논이 늘어서 있었다. 우리는 그 남자가 누구인지 우리가 어디로 가고 있는지 전혀 모르고 있었다.

폭우도 내리고 있었고 거의 무릎까지 오는 두꺼운 진흙 때문에도 걷기가 어려웠다. 한 발자국씩 앞으로 나가는 것이 곤욕이었다. 진흙이 흡입 컵처럼 내 발을 잡았다. 일정한 틀에 맞추어 찍어 낸 내 고무신은 진흙에서 너무 쉽게 벗겨졌고, 그로 인해 한 발자국씩 앞으로 나아가는 것이 한없이 멀게만 느껴졌다. 신발 한 짝이 벗겨져서 그것을 찾으려고 여러 번 왔던 길을 되돌아가야 했다.

휘몰아치는 강한 바람이 나를 길 위의 두껍고 깊은 진흙 쪽으로 밀어내서, 그것을 건디면서 앞쪽으로 걸었다. 거대한 빗방울의 채찍질을 피하기 위해서 손과 팔을 들어 올려서 얼굴을 가렸다. 이 형벌은 한걸음씩 앞으로 나아갈수록 더 심해졌다.

드디어, 목적지에 도착했다. '아이들의 정원' 고아 수용소는 철조망으로 울타리가 쳐져 있었고 큰 텐트가 중간에 서 있었다. 이곳이 나의 새로운 집이었다.

'아이들의 정원'은 주로 부모님이 돌아가신 남한의 여러 지역에서 온 아이들이 배치된 고아원이었다. 그러나 아버지가 전쟁에서 돌아가셔서 혼자된 엄마가 아이들을 기를 수 없게 된 상황에서 보내진 경우가 대부분이었다. 당시는 상황이 너무 좋지 않았기 때문에 몇몇 아이들은 부모님이 모두 살아 계신데도 최소한 하루에 한 끼 식사는 보장되는 고아원으로 보내졌다. 부모들은 아이들이 자기들과 함께 있으면 여러 날 동안 먹지 못할 수도 있다는 것을 알고 있었다. 고아원은 가난한 가족들의 문제를 해결하는 곳이었다.

남한은 제2차 세계대전(1941~1945)의 피해를 딛고 일어서려고 노력하는 제3세계 국가였지만, 연이은 한국전쟁(1950~1953)의 발발로 인해 사람들은 일자리와 재산을 잃게 되었다. 1910년부터 1945년까지 한국은 일본의 지배를 당했다. 제2차 세계대전이 끝날 무렵에 일본이 패배함으로, 일본의 한국 지배는 다행히 끝을 맺게 되었고, 그들이 한국을 지배했다는 사실은 조선시대(1392~1910) 역사의 한 흔적으로 남게 되었다. 전쟁으로 인해 고아와 과부들이 많이 생겨났고 대부분의 한국인은 일본인을 싫어하게 되었다.

이 시대 여느 아이들처럼 나는 전쟁이 무엇인지, 고아가 의미하는 바가 무엇인지 이해하지 못했다. 우리는 "왜?" 또는 "어떻게?"란 질문을 하지 않았다. 그저 공포에 질린 채 시키는 대로 할 뿐이었다.

돌이켜 보니, 아이들의 정원의 '좋은 면, 나쁜 면, 추악한 면'이 다 보인다. 아이들의 정원으로 인해 우리가 살아남을 수 있었지만, 그곳은 지독한 곳이었다. 나이와 상관없이 우리는 사소한 잘못으로 인해 맞고 벌을 받았다. 대부분의 아이들은 무엇이 옳고 그른지 잘 몰랐다. 매일 심한 매질이 일어났다. 누구나 아이들의 눈과 몸짓에서 두려움을 볼 수 있었을 것이다. 그 고아 수용소는 무지막지한 군대처럼 운영되었고, 우리는 기초 훈련을 받고 있는 것 같았다. 오히려 내가 미국 공군에서 보낸 4년이 고아원 생활보다 덜 힘들었다. 미국 공군 기초 훈련이 군기가 아주 잘 잡힌 환경에서 이루어졌다는 것을 믿어 주기 바란다.

우리는 매일 해가 뜨기 바로 직전에 깨워졌고, 군인들처럼 밖으로 나가서 줄을 섰다. 사방으로 팔 길이 간격이 되도록 똑바른 줄을 만들어야 했다. 그리고 강도 높은 운동과 체조, 스트레칭이 이어졌다. 그 후에 우리는 고아원 주위를 여러 바퀴 뛰었다. 이 뜀박질은 나이가 좀 있는 아이들에게조차도 육체적으로 정신적으로 힘든 것이었다. 만약 누가 뒤처지면, 모든 아이들이 더 많이 뛰거나 다른 육체적인 활동으로 벌을 받았다. 어린 아이들이 뒤로 처지면, 먼저 끝낸 아이들은 기다려야 했다. 때때로 나이가 많은 아이들이 어린아이들의 상태를 확인하기 위해 보내지기도 했다. 기대에 못 미치는 아이들은 추가로 벌을 받기 위해 불려나갔다.

그 고된 훈련 후에, 우리는 무엇이든 주는 대로 먹었다. 주로 밥 한 그릇이 다였고, 때때로 반찬 한 가지 정도가 밥과 함께 나왔다. 밥을 먹고 나면, 할 일이 주어졌다. 모든 어린이들이 학교 가기 전과 방과 후에 마쳐야 할 일을 할당받았다. 학령기에 있는 아이들은 학교에 갔다. 학교까지는 거리가 꽤 되었지만, 교통수단이 없었기 때문에 걸어서 갔다.

겨울에는 매서운 추위에 직면했다. 그 추운 날씨를 견디는 것은 우리 모두에게 힘겨웠다. 대부분의 아이들에게는 추위를 견딜 만한 옷이 없었다. 장마철에는 비가 엄청 많이 왔다. 이러한 악조건에도 불구하고, 남자 아이들은 자기들만의 흥밋거리를 만들어 냈다. 고아원을 벗어나면 우리는 훈육과 우리를 감시하고 있는 '큰 형'의 구속으로부터 자유로웠다. 우리들은 장난기 많고 웃음 많은 아이들이었다. 숲 사이를 질주하고 언덕 위를 뛰어다니고, 논 사이를 걸어 다녔다. 거기에는 규칙도 없었고 할당량도 없었으며 감시하는 사람도 없었다. 좀 더 평화롭고 긴장이 풀린 환경에서 우리는 일시적으로나마 고아원의 속박을 잊어버리고, 평범한 아이들처럼 웃고 뛰어 놀았다.

논 사이를 걸어 다니면 얻는 것도 있었지만 위험하기도 했다. 논에서 나오면 내 다리는 종종 수십 마리나 되는 크고 작은 거머리들로 덮여 있었다. 이 피조물을 떼어 내는 것은 마치 고무밴드를 잡아당기는 것과 같았다. 그들이 가진 탄성력은 대단했다. 억지로 떼어 내고 나면 거머리의 빨판이 붙어 있던 양쪽 끝에서 천천히 내 다리를 적시며 흘러내리는 피가 그들의 존재를 증명해 주었다. 또 다른 증거는 피가 가득 차서 충혈 된 그들의 몸이었다.

거머리는 몸 양쪽 끝에 있는 빨판이 살에 붙어서 잘 떨어지지 않았다. 우리는 세게 치면 이 기생충들이 순간적으로 기절한다는 것을 배워서 알고 있었다. 이 일시적 쇼크가 이미 피로 물든 내 다리에서 거머리들을 좀 더 쉽게 떼어 낼 수 있게 해 줬다. 일단 떼어 내고 나면, 단지나 깡통에 담은 후 휘발유나 등유를 그 건방진 흡혈귀들의 몸 위에 뿌리고 불태웠다.

논이 가진 또 다른 위험 요소는 깊게 팬 구멍들이었다. 구멍 안의 유사(퀵샌드)가 사람들을 빨아들일 수도 있었다. 이 진흙탕들은 수많은 논들에 무작위로 분포해 있었다. 대부분 끝까지 알아차리지 못하지만, 때때로 물의 색깔과 진흙의 상태가 큰 구멍이 가까이 있다는 것을 경고해 주기도 했다. 혼자 있을 때 이 구덩이에 빠지면 나오기가 매우 힘들었다. 빠져나오려고 발버둥 치면 칠수록 더 깊이 가라앉았다. 대부분은 누군가가 나타나서 도와줄 때까지 기다려야 했다. 보통 소년들은 논두렁 사이를 행진할 때 친구를 데리고 갈 정도의 분별력은 있었다. 일단 논에 빠지는 아픈 경험을 한번 한 후에는, 혼자 논으로 놀러 가면 안 된다는 교훈을 얻거나 아니면 위험한 지점에서 나타나는 표식을 배우게 되었다.

우리가 거머리들과 다른 위험 요소들을 감수하면서도 논 사이를 걸으면서 많은 시간을 보낸 이유 중의 하나는 먹을 것을 찾기 위함이었다. 논은 더운 여름날 동안 우리를 시원하게 해 주기도 했다.

　걸어 다니면서 맞닥뜨린 다른 위험요소는 뱀이었다. 숲에는 뱀이 많이 있었고 우리는 언제나 이런 위험한 파충류에 노출되는 듯했다. 독이 있는 몇몇 종류의 뱀들은 알고 있었지만, 나머지는 독이 있는지 없는지 구분할 수가 없었다. 뱀을 만나면 가끔씩 죽이기도 했지만 대부분은 그냥 도망쳤다.

　학교에서 돌아오면, 모두들 고아원 주변에서 일해야 했다. 그 당시에는 천막으로 된 숙소를 교체하기 위한 새로운 건축이 진행되고 있었다. 모든 고아들이 굴착 작업에 동원되었는데, 사용할 수 있는 모든 수단을 동원하여 파 놓은 흙을 다른 곳으로 나르는 일을 했다. 양동이와 손수레를 주로 사용하면서 일했고, 더러는 두꺼운 천에 흙을 가득 담아 끌면서 운반했다. 도랑을 파서 구부러진 못을 주워 올린 후 다시 사용하기 위해서 바르게 펴는 작업도 했다. 건축 현장에서 일하지 않을 때는, 야채를 심거나 과일 나무들을 돌보느라 바빴다. 낭비되는 시간은 하나도 없었다.

　새 건물 건축기간 동안 우리에게 주어진 업무 중의 하나는 우물을 파는 것이었는데, 나이가 좀 많은 소년들 몇 명이 매일 이 일에 동원되었다. 이 새 우물은 고아원에서 필요한 모든 물을 공급할 예정이어서 매우 깊었다. 너무 깊어서 우물 아래에서 일하는 사람을 볼 수 없을 정도였다. 우물을 파는 모든 작업은 수작업으로 이루어졌다. 우리에게는 값비싸고 무거운 장비들이 없었다. 그 당시에 땅을 파는 모든 작업은 오로지 사람과 삽으로 하는 지극히 육체적인 노동이었다. 한 소년이 우물 바닥으로 내려가 삽으로 흙을 파서 도르래에 달린 양동이에 담으면 위에 있는 소년들은 그 양동이를 위로 끌어 올린 다음 비우고 다시 아래로 떨어뜨렸다. 이 작업은 우물이 마침내 물을 내뿜을 때까지 매일매일 오랜 시간동안 계속되었다.

하루의 작업이 끝나면, 우물 바닥에 있던 소년이 양동이에 올라서고 다른 소년들이 그를 위로 끌어 올렸다. 그 당시에 대부분의 밧줄은 마른 볏짚을 이용하여 손으로 만들어졌다. 어떤 사람이 한쪽에 볏짚이 쌓여 있는 방바닥에 앉아 있던 모습이 생생하게 기억난다. 그는 손을 씻듯이 양 손바닥을 앞뒤로 비비면서 양손 사이에 있는 지푸라기를 엮어 나가곤 했다. 진정한 그 장인은 양손뿐만 아니라 발도 사용했는데 완성된 끝부분을 발로 잡고 손으로 밧줄에 압력을 가하면서 신비한 줄을 창조해 나갔다. 더 단단하고 튼튼한 새끼줄을 꼬기 위해 그 예술가는 가끔씩 손바닥에 침을 뱉기도 했다. 오랜 세월동안 새끼줄을 꼬아온 장인들의 손은 가죽 같았다. 손으로 만든 새끼줄은 오랫동안 사용된 후에야 본연의 상태를 상실해서 약해졌다.

결과적으로, 어느 날 오랫동안 사용한 새끼줄이 끊어졌다. 도르래를 타고 위로 올라오던 소년은 깊은 우물 바닥으로 떨어졌다. 모두들 최악의 상황이 될까 봐 두려워했다. 그는 분명히 기절했을 것이고, 죽었을 수도 있었다. 우물 바닥은 너무 어두워서 보이지 않았다. 새 줄로 교체한 후에, 한 사람이 한쪽 끝에 매달려서 떨어진 소년을 구하려고 내려갔다. 그들은 아주 힘든 과정을 거쳐 가까스로 그 소년을 구해 냈다. 소년은 다리가 심하게 다치긴 했지만 살아 있었다.

휴일이나 방과 후에 주어진 또 다른 중요한 임무는 본격적인 수확기간에 논에서 이삭을 줍는 것이었다. 일 년에 한 번 이상은 이삭 모으는 일을 했다. 논은 고아원에서 꽤 멀리 떨어져 있었다. 가끔씩 소달구지가 있어서 많은 아이들이 한꺼번에 타고 가기도 했다. 벼를 베고 나서 수작업으로 벼의 줄기를 묶어서 쌓아 놓으면, 아이들이 줄을 써서 그 논을 횡단하면서 떨어진 벼 줄기를 모두 주웠다. 우리는 마치 죽은 시체를 깨끗이 뜯어먹고 아무것도 남겨 두지 않는 말똥가리들 같았다.

그 고아원은 규율이 매우 엄격한 조직이었다. 샘은 고아원에 있는 모든 아이들을 위한 체벌 지침을 만들었다. 샘이 우리에게 강요한 모든 훈육의 배경에는 목적이 있었을 것이라고 생각한다. 샘은 그 고아원의 '아버지'이자 '아이들의 정원의 설립자'였다. 그는 지역 교회에서 기부한 땅에 고아원을 세운 젊은 한국인이었으며, 선한 의도를 지닌 총명한 청년이었다. 나를 포함하여 대다수의 고아들은 집이라고 부를 수 있는 곳이 있다는 사실에 감사했다. 우리에게는 부모들이 제공해 줄 수 없었던 집과 음식이 있었다. 전쟁이 끝난 후 모두들 힘겹게 살아가고 있었다. 훈육은 이 시기에 살아남기 위해서 반드시 필요한 것이었지만, 나는 벌을 주는 데 있어서 바른 방법과 잘못된 방법이 존재한다고 믿는다.

고아원이 처음 세워졌을 때 우리는 큰 천막에서 모두 같이 먹고 자고 했다. 이 천막은 미군들이 기부한 것이었는데 그들은 고아원의 생명줄이었다. 텐트는 매우 평범하고 보기 흉하게 색이 바랜 황록색이었다. 유명한 미국 드라마 〈메쉬〉가 이 칙칙한 색깔을 매우 잘 보여 줬다. 나무로 된 바닥은 항상 티 하나 없이 깨끗했다. 기둥을 떠받치는 부분의 바닥은 발을 디디면 흔들리면서 삐걱거렸다. 천막에 들어갈 때는 언제나 신발을 벗었다. 실내에서 신발을 벗는 한국의 이 전통은 오늘날에도 행해지고 있다.

천막 안에서는 방수처리를 위해 사용된 석유의 짙은 사향 냄새가 났다. 큰 기둥이 중앙에 우뚝 서 있어서 천막이 바로 서 있도록 해 주었다. 네 모퉁이는 금속으로 된 말뚝에 고정된 짧은 끈으로 단단히 묶여 있었다. 마치 크기가 작은 서커스 천막 같았다. 천막에 창문은 없었다. 출입구를 열 때 유일하게 빛이 천막 안으로 들어왔다. 공기를 환기시키고 청소를 할 때는 천막의 옆 부분을 말아 올렸다. 기둥에는 미군들이 기증한 발전기를 이용하여 켜는 전구가 하나 달려 있었고 밤에만 켜졌다.

천막 한 가운데에는 큰 등유 난로가 있었는데 긴 환기통이 굴뚝처럼 천막 전체에 뻗어 있었다. 이 난로가 동지섣달 내내 우리의 유일한 난방 수단이었다. 밤이 되면 이 난로는 열을 받아 문자 그대로 뻘겋게 달아올랐다. 너무 달아올라 기차처럼 윙윙 소리를 내면서 진동했다. 한국의 겨울은 잔인했다.

우리는 모두 바닥에 누워 잤는데, 온기를 유지하기 위해 한 군데에 모여서, 열기가 가장 집중되어 있는 중앙에 가깝게, 그리고 가능하면 서로 붙어서 잤다. 마치 정어리 새끼들처럼 한 덩어리가 되었다. 여러 날 동안 목욕을 하지 않는 아이들에게서는 고약한 냄새가 났다. 뜨거운 물이 없었기 때문에 목욕을 한다는 건 우물에 가서 머리 위로 찬물을 붓는 것을 의미했다. 양치질은 소금을 치약처럼 손가락에 묻혀서 했다. 적절한 시설이나 물품이 없었기 때문에 위생은 엉망이었다.

어쩌다 미군들이 등유를 가져다주지 않으면 난방이 전혀 되지 않았다. 날씨가 추워지면 아이들은 밤에 일어나서 밖에 있는 화장실에 가지 않고 바지에다 오줌을 쌌다. 내가 꾼 무수한 꿈들 중 한 번은 꿈을 꾸는 동안 모든 것이 정말 따뜻하고 아늑하게 느껴졌던 적이 있었다. 오줌의 온기가 가시고 한기가 느껴지기 시작했을 때, 나는 소변의 웅덩이 한가운데서 깨어났다. 겁에 질려서 어쩔 줄 몰라 하는 사이에 나의 생존 본능이 발동했다. 내가 생각할 수 있었던 유일한 해결책은 그냥 다른 자리로 옮기는 것이었다. 모두들 조용히 자고 있어서 아무도 알아차리지 못했다. 나는 아무도 깨우지 않으려고 노력하면서 조심스럽게 비어 있는 자리로 옮긴 후누워서 잠들기를 기다렸다. 정말이지 악몽이었다.

다음날 아침, 바닥에 광범위하게 젖은 부분이 발견됨과 동시에 모든 소년들이 줄 세워졌다. 샘은 이 비열한 행동을 한 아이를 반드시 찾으려고 했다. 샘은 한 명 한 명씩 대면하면서 자백을 요구했고, 한 사람 한 사람씩 옮겨 가면서 서서히 신에 대한 두려움을 불어넣었다. 내 순서가 점점 가까이 오면 올수록, 더 초초해지면서 두려움이 엄습하기 시작했다. '내게 어떤 짓을 할까? 때릴까? 어떤 벌을 받게 될까?' 이 모든 부정적인 생각들이 내 작은 머리를 가득 채우기 시작했다. 그러나 내 차례가 되기 전에 다른 소년이 자기가 하지 않은 일을 실토했다. 두려움을 이기지 못하고 자백한 것이었다. 난 마음속으로 '안심이야! 난 해방이야!'라고 외쳤다.

샘은 그 아이에게 발가벗고 몇 시간 동안 방 안에 서 있는 벌을 줬다. 아이들이 지나갈 때마다 그는 놀림을 당했다. 그 옆을 지나가면서 부끄러움과 죄책감을 느꼈다. 난 겁쟁이였던 것이다.

바깥에 있는 화장실은 우리가 주로 거주하는 숙소에서 걸어서 가기에는 꽤 먼 거리에 있었다. 미군들은 옥외 화장실을 '허니 홀'이라고 불렀다. 이 시기 사람들에게 허니 홀은 없어서는 안 되는 것이었다. 이곳은 지역 주민들이 텃밭에 필요한 거름을 얻기 위해 '똥거름 통'을 채워 가는 곳이었다. 그들은 나무로 만든 두 개의 들통을 땅을 파서 만든 화장실에 깊이 넣어서 사람의 오물로 가득 채웠다. 그러고 나서 그 들통들은 긴 장대 끝에 하나씩 걸어 지고, 그 단단한 장대는 멍에처럼 그들의 어깨 위에 매달려졌다. 사람의 오물로 가득 찬 이 똥거름은 과수원과 밭으로 운반되었고 일꾼들이 도랑을 따라가며 오물을 뿌렸다. 이 과정은 모든 과일과 채소들이 똥거름을 공급받을 때까지 또는 허니 홀이 비워질 때까지 되풀이되었다. 오물에서 나는 역겨운 냄새는 참기 어려웠다. 강한 바람이 부는 날에는 그 구역질나는 악취가 멀리 퍼져나갔다.

오물로 과일과 야채에 거름을 주면 아주 크고 좋은 농작물들을 일부 생산하는 데 도움이 되긴 했지만, 거기에는 한국 사람들이 모르는 위험요소가 숨겨져 있었다. 이렇게 생산된 과일과 야채를 먹음으로 인해 많은 질병이 생겼다. 한 예로, 사람 몸에 기생하는 촌충이 이 시기에 만연했다. 촌충의 유충이 지역 주민들이 소비했던 야채와 다른 음식들에 붙어 있었던 것이다. 이 기생충들이 창자에 알을 낳았고 그대로 놔두면 심각한 병을 일으키거나 심지어 죽음에 이르게 될 수도 있었다.

거기다가 벼룩도 많았다. 고아원에 있는 아이들 몸에도 자주 벼룩이 들끓었다. 모두들 이 생물에 감염되어 있었다. 날을 잡아서 아이들은 다른 고아들 옆에 쭉 서서 서로의 머리카락을 헤집으면서 벼룩을 잡았다. 벼룩을 보면 동작을 빨리 해야 했다. 눈 깜짝할 사이에 뛰어서 어디로 갔는지 다시는 볼 수 없었다. 벼룩을 잡으면 먼저 엄지와 검지 사이에 넣고 세게 눌러서 일시적으로 움직이지 못하도록 했다. 그러고 나서, 엄지손톱 사이에 그것을 넣고 마치 신선한 당근을 부러뜨릴 때 나는 것 같이 딱 부러지는 소리가 희미하게 들릴 때까지 함께 마주 대고 눌렀다. 딱딱한 껍질로 이루어진 몸에서 똑 부러지는 소리가 들리면 벼룩이 죽은 것이 확실해진

다. 이것은 우리가 그 성가신 곤충을 죽이는 여러 방법 중에 하나에 불과했다.

벼룩이 셔츠나 바지에 있을 때는 옷을 벗어서 옷감 구석구석을 샅샅이 뒤졌다. 보통 옷의 주름 사이에서 벼룩을 찾았는데, 떼 지어 집단으로 거주하고 있는 경우가 많았다. 너무 많아서 한 마리씩 죽이기가 어려웠기 때문에, 벼룩이 우글거리는 천을 씹어서 죽여야 했다. 물로 옷을 씻는 것으로는 그 펄펄 뛰는 벌레들을 죽일 수 없었다. 등유로 옷을 흠뻑 적시고 나서 씻어야 했다. 미군들이 어떤 가루를 여러 번 가져다주었고 아이들은 발가벗고 한 줄로 서서 머리에서 발가락까지 그 화학물질을 뒤집어썼다.

더운 여름날에는 남자 아이들 대부분이 거의 매일 밤 몰래 나가서 가까운 저수지에서 수영을 했는데, 그 저수지는 참외밭과 복숭아 과수원이 있는 곳에 있었다. 학교에서 고아원으로 돌아오는 길에도 자주 그 저수지에서 알몸으로 헤엄치곤 했다. 이것은 우리가 목욕을 하는 방법 중에 하나이기도 했다. 그 과정에서 수영을 못 하는 아이들은 매우 빠르게 헤엄치는 방법을 배웠다. 나도 그 당시 수영을 할 줄 몰랐는데 한 무리의 아이들과 함께 저수지에 던져지면서, 본능적으로 살아남는 방법을 배우게 되었다. 대부분 개헤엄 치는 법을 배웠다.

매번 수영이 끝난 후에는, 거머리가 은밀한 부위에 붙어 있을 수 있기 때문에 매우 주의 깊게 서로를 살펴보아야 했다. 어떤 거머리는 밤에 기어 다니는 큰 지렁이만 했고, 어떤 것들은 바늘 크기만큼 작았다. 우리는 한 순간 한 순간 살아남는 방법만을 알고 있을 뿐이었다. 내일은 없었다. 훈련되지 않은 우리의 좁은 소견으로 개인의 생존을 위해 최선이라고 생각되는 것을 매일매일 선택하면서 살았다.

고아원에서 생활하는 동안 세 가지 현실이 가장 눈에 띄었다.

첫 번째는 체벌에 대한 두려움이었다. 체벌 중 하나는 나뭇가지로 다리나 팔, 엉덩이를 맞는 것이었다. 하지만 어린아이들은 잘못인지도 모르고, 천진난만하게 어떤 일을 저질렀을 수도 있었다. 매 맞는 것 외에 한곳에 오랫동안 서 있는 벌도 받았다. 대부분 햇빛, 비, 그리고 추운 날씨에 노출된 채 서 있었다. 벌의 강도를 높이려고 때때로 날개를 편 독수리처럼 팔을 뻗고 서 있게도 했다. 화장실을 가기 위해 잠깐 중단하는 것조차 허용되지 않았다. 아이들이 벌을 받고 있는 곳에서 선 채로 울면서 바지에 오줌을 싸서 큰 오줌 웅덩이를 만드는 일은 흔한 일이었다. 이 벌이 가장 두렵고 수치스러웠다. 아이들도 다른 사람을 놀리고 모욕을 줄 때는 매우 잔인할 수 있다. 때때로 샘은 뛰게 하거나, 팔 굽혀 펴기, 윗몸 일으키기, 또는 다른 신체적인 벌을 우리에게 주기도 했다.

내 맘 속에 각인된 두 번째는 추위였다. 옷을 아무리 많이 입어도 겨울을 따뜻하게 보낼 수 없을 것 같았다. 천막 안이 따뜻해질 일도 없어 보였다. 한겨울 걸어서 학교로 가는 동안 내 손가락과 발가락은 언제나 추위로 고통 받고 있는 것처럼 보였다.

세 번째는 극심한 배고픔이었다. 늘 허기가 진 상황에서 우리는 배고픔을 어느 정도 달랠 수 있는 방법을 찾아냈다. 인생에서 절망적인 순간들이 올 때, 사람들은 살아남기 위해 아주 빠르게 적응하는 법을 배우게 된다. 우리는 살아남기 위해 숲을 다니면서 먹을 수 있는 나물과 야생 과일을 구별해 내는 기술을 습득했다.

고아원에서 남자 아이들이 여자 아이들과 접촉하는 것은 허용되지 않았다. 남자 아이가 여자 아이랑 어울려 다니거나 심지어 말하는 것조차 본 기억이 없다. 따라서 남자 아이들끼리 함께 어울려 다니면서 좋고 나쁨에 상관없이 생존에 필요한 기술을 터득해 나갔다. 우리는 모든 식물의 뿌리를 파냈고 각양각색의 나무껍질을 갉아 먹었으며 수많은 식물들의 꽃과 잎을 먹어 치웠다. 이런 과정을 거치면서 먹을 수 있는 것과 먹지 못하는 것을 구별하는 유용한 기술을 자연스럽게 터득해 나갔다.

논을 지나다니면서는 달팽이와 피라미를 잡았다. 피라미를 잡을 때는 함께 협력했다. 한 아이가 주로 셔츠를 이용하여 즉흥적으로 만들어진 네트를 가지고 아래쪽에서 기다리고 있으면 다른 두 명이 자기들의 셔츠를 올가미처럼 사용하면서 서로 다른 끝에서부터 네트를 들고 있는 아이 쪽으로 걸어가기 시작한다. 그 사이 모든 물고기들이 그 올가미 안으로 헤엄쳐 들어간다.

우리는 피라미와 달팽이들을 그 자리에서 날 것으로 먹었다. 달팽이를 껍질에서 끄집어내기 위해서는 작은 나뭇가지를 사용했다. 때로는 그냥 돌로 달팽이 껍질을 깨서 살을 먹기도 했다. 달팽이는 연골처럼 약간 질기고 쫄깃쫄깃했지만 삼키기 전에 잘 씹어야 했다. 반면에 피라미들은 그냥 입에 넣고 목으로 미끄러져 넘어가게 했다. 둘 다 아무런 맛도 나지 않았지만, 그것들이 조금이나마 우리의 주린 배를 채워 주었고 부족한 영양을 공급해 주기도 했다.

메뚜기도 잡았다. 잡은 메뚜기는 지푸라기를 이용하여 한 줄로 연결했다. 몇 개의 긴 메뚜기 줄이 만들어지면, 숲으로 가서 이 특별한 간식을 굽기 위해 불을 피웠다. 논에는 언제나 메뚜기가 많았다. 주린 배를 채울 수 있는 또 다른 먹거리로는 새가 있었다. 직접 고무줄 새총을 만들어 새를 잡았고, 잡은 새들도 구워 먹었다. 맛이 좋았는지는 기억할 수 없지만, 당시 우리의 식욕을 충족시키기엔 충분했다.

먹을 수 있는 식물이나 꽃은 많이 있었다. 그중 좀 특이한 것은 목화였다. 대부분의 사람들은 목화가 식용이 될 수 있다는 것을 알지 못하지만, 우리에게는 그것이 또 다른 영양 공급원이었다. 목화가 자라는 시기 중 어떤 특정한 단계에서 목화의 어린 열매를 따서 씹은 후 단물을 다 빨아 먹고, 과육을 뱉을 수 있다.

가혹한 노동과 훈육 이외에 봉사와 합창 연습을 위해 남겨 둔 시간이 있었다. 아이들은 가사의 의미도 모른 채 몇 시간 동안 미국 크리스마스 캐럴을 부르고 외우면서 연습했다. 이 연습이 우리를 너무 지치고 질리게 만들었다. 샘은 틀리는 아이의 머리를 나무막대기로 때렸다. 연습은 샘이 흡족할 만큼 가사와 가락을 다 익힐 때까지 계속되었다. 이것은 문화교육의 한 부분이었고, 남자 아이들과 여자 아이들이 같이 만날 수 있는 유일한 기회였다. 연습할 때마다 만나긴 했지만, 우리는 서로 거의 알지 못했고 얘기조차 할 수 없었다. 되돌아보니, 크리스마스 캐럴은 미군들의 마음을 녹여 원조를 얻기 위해서 샘이 사용한 최고의 카드였다는 생각이 든다. 물론, 우리의 음악 없이도 많은 군인들이 고아원에 돈을 기부했다.

아이들이 그 노래들을 연습하고 외우는 데 쏟은 무수한 시간들은 미군들이 고아원을 방문하고 나서, 공연을 더하기 위해 군용 트럭을 타고 미군 기지로 가는 특별한 여행으로 보상받았다. 이 나들이가 우리에게는 가장 즐거운 일이었기 때문에 모두들 이 장거리 여행을 손꼽아 기다리고 있었다. 맛있는 음식을 먹을 수 있었고 때때로 사탕이나 껌을 받기도 했다. 수용소 같은 고아원을 벗어날 수 있는 기회가 되기도 했기에 무척 신이 났다. 우리는 핫도그나 햄버거를 이때 처음 맛보았다. 모든 고아들은 이러한 미국 음식이 먹어 본 음식 중 가장 훌륭한 음식이라고 생각했다.

미군 기지에 가기 전과 미군들이 고아원을 방문하기 전에, 우리는 행복한 표정을 짓도록 교육받았다. 미군들이 고아원을 방문할 때는 언제나 즐거웠다. 모든 고아들이 군인들 만나기를 학수고대하고 있었고, 그들과 좀 더 의미 있는 시간을 보내고 싶어 했다. 고아원 합숙소에 둘러 앉아 그들과 이야기하면서 영어를 배우려고 노력했던 아이들도 많았다. 몇몇 미군들은 자연을 즐기기 위해 숲 속을 산책하기도 했고 더러는 남자 아이들과 구슬치기를 하거나 카드놀이를 했다. 구슬치기는 한국의 남자 아이들이 즐기는 아주 재미있는 놀이 중 하나였다. 또 다른 즐거운 오락거리로는 연날리기도 있었다.

몇몇 남자 아이들은 잠자리를 잡으면서 놀았다. 그물을 이용하여 잠자리를 잡았는데 그 그물은 막대기 끝에 가는 철사를 묶어 즉흥적으로 만들어진 것이었다. 철사를 둥근 모양으로 만들어 막대기 끝에 달아서 긴 테니스 라켓 같이 만들었다. 이 새로운 장비를 가지고 우리는 거미줄을 찾아 다녔다. 거미줄을 찾으면 끝에 붙어 있는 동근 모양의 철사로 천천히 거미줄을 감았다. 몇 개의 큰 거미줄을 찾아서 둥근 철사를 감싸고 나면, 나무 막대 끝에 꽤 튼튼하고 접착력 있는 그물이 만들어졌다. 이 새롭게 만들어진 도구로 우리는 첫 번째 잠자리를 잡을 수 있었다. 잡고 나서는 그 잠자리 두 날개 사이에 끈을 연결하고, 연처럼 잡고 잠자리가 날게 하곤 했다. 그 잠자리가 나는 동안 꽤 자주 또 다른 잠자리가 그 위에 앉곤 했다. 그러면 소년들은 그 끈을 조심스럽게 잡아당겨서 위에 있는 잠자리를 잡곤 했다.

이것들이 우리가 즐겼던 몇 가지 놀이였다. 장난감이 없었기 때문에 창의성을 발휘해야 했다. 나는 미군들이 방문할 때 체스를 배웠고, 모든 기본적인 이동 방법을 아직도 기억한다. 시간만 있으면 우리는 재미있게 즐길 만한 어떤 놀이든지 찾아냈다.

주말이 되면 우리는 미군들의 방문을 잔뜩 기대하고 있었다. 모두들 웃을 준비가 되어 있었다. 그들이 방문하는 동안 고아원은 스트레스가 적은 분위기가 되었지만, 두말할 필요도 없이 그들이 떠나고 나면 모두들 더 침울해졌다. 아이들의 얼굴에서 행복이 서서히 사라졌다. 일부 아이들은 군인들과 가까운 유대관계를 발전시켰다. 고아원을 방문하는 대부분의 군인들은 자기들이 좋아하는 아이들을 찍어서 그들과 더 많은 시간을 보냈다. 이런 관계가 입양으로 연결되는 경우가 많았고, 나이가 좀 있는 몇몇 소녀들은 결혼으로 이어지기도 했다. 그들은 운이 좋은 아이들이었다.

이러한 가까운 우호관계는 오랜 기간에 걸친 여러 번의 방문으로 인해 발전되었다. 고아들은 미군들과 가까워져서 얻게 되는 이익을 알지 못했다. 샘은 주말이 오기 전날이면 개인적으로든 전체적으로든 항상 우리에게 당부하곤 했다.

"너희들 군인들에게 예의 바르게 행동해야 한다."

"너희들이 군인들과 좋은 관계를 가지면 음식, 옷, 용품 그리고 돈 등의 원조를 더 많이 받을 것이다."

고아원은 서서히 발전해 갔다. 고아들이 더 많이 들어옴에 따라 공간이 더 필요하게 되었다. 우리는 성장통을 앓고 있었다. 미군들이 돈, 자재, 건축에 대한 전문적인 지식, 심지어 노동력까지 제공하는 등 엄청난 지원을 해 주었다. 그 결과 새로운 집이 완성되었다. 착공식이 현실이 되었다. 오래된 흉물스러운 천막이 교체되었다.

새 건축물은 1957년에 완공되었다. 남자 아이들과 여자 아이들의 숙소는 반대쪽에 있었다. 식당과 음식을 만드는 부엌도 따로 분리되었다. 예배는 남자 아이들이 자는 큰 방에서 드렸다. 이곳은 우리가 영어 노래를 연습하고, 미국 크리스마스 캐럴을 외우면서 무수한 시간을 보내던 곳이기도 했다.

군부대에서 했던 크리스마스 공연 중에 한번은 내가 너무 아파서 테일러 대령의 침상으로 보내진 적이 있었다. 잠에서 깨어난 후에 군부대 만찬 홀에서 다른 아이들과 함께 맘껏 먹지 못하게 된 것을 아쉬워했던 기억이 난다. 노래들을 영어로 익히고, 배우고, 외웠던 모든 시간들이 아무 쓸모없는 것처럼 보였다. 난 칠면조와 드레싱, 그 외에 다양한 음식들이 차려진 미국식 크리스마스 만찬을 놓친 것이었다. 하필이면 그때 아팠던 나 자신에게 너무 화가 났다.

미군 부대 방문이 아이들에게는 서커스 구경 가는 것과 같았다. 재미있는 것들이 너무 많았다. 너무 다르기도 했다. 거기서는 하늘에서 일상적인 기동 훈련을 하는 제트기의 날카로운 소리를 들을 수 있었다. 무거운 트럭과 지프차들이 울퉁불퉁한 길을 덜컹거리며 지나가던 소리가 아직도 기억이 난다. 부대에서는 제트 연료에서 나는 배기가스, 트럭과 지프차에서 나오는 휘발유와 디젤이 포함된 여러 가지 냄새가 났지만, 미군들의 만찬장에서 흘러나오는 음식 향기가 가장 좋았다. 이 황홀한 미지의 냄새가 내 위를 더 요동치게 만들었다. 미군 부대는 고아원 아이들 모두가 머물고 싶어하는 곳이었다. 거기에는 셀 수 없을 정도로 많은 행사들이 열렸고, 모든 것들이 너무 새롭고 우리가 알고 있었던 것들과 확연히 달랐다.

고아원의 발전과 함께 찾아온 이 새로운 도약은 많은 이들의 인생에도 새로운 출발점이 되었다. 고아원을 새롭게 확장하면서 더 많은 고아들이 들어왔다. 더 많은 미군들이 방문하게 되었고 우리는 더 많은 원조를 받게 되었다. 고아원에 있는 모든 사람들이 처음으로 집을 소유하게 되었을 때 느끼는 흥분과 같은 정도로 상당히 신이 났다.

그 시대에 의학계에서 이루어 낼 수 있었던 업적보다 더 기적적인 몇 가지 사건들이 고아원에서 일어났다. 우리가 이해할 수 없는 초능력이 어린이 두 명의 치료를 도왔다.

1957년 여름, 나는 새 건물의 본관으로 가는 측면의 출입구에 서 있었다. 내 주머니는 그날 다른 아이들과 숲에 가서 주운 도토리로 가득 차 있었다. 근처에는 독일 셰퍼드 같이 생긴 큰 개가 열다섯 발자국에서 스무 발자국쯤 떨어진 곳에 있었다. 그냥 다른 아이들이 하듯이, 나는 개에게 도토리를 던졌다. 그 개는 고아원에서 기르는 개였고 많은 아이들이 종종 그 개와 놀았다. 그러나 그날은 이 개에게 장난을 걸기에 좋은 날이 아니었다.

그 개가 나에게로 뛰어왔다. 내가 마지막으로 기억하는 것은 개가 내 머리로 뛰어 오르기 전에 공중에 떠 있는 모습이었다. 사람들이 개를 나에게서 떼어 내었을 때, 내 머리의 일부분이 찢겨져서 상처가 난 것을 발견했다. 나는 고아원 어떤 형의 등에 업혀서 옮겨졌다. 기절하고, 다시 의식을 찾고, 다시 기절하는 과정을 되풀이하면서도 한걸음 한걸음씩 내딛는 그 형의 움직임이 느껴졌다. 그는 숲과 논을 가로 지르면서 뛰어갔다. 내 얼굴 전체에 피가 흘러서 형의 등까지 피로 물들었다. 의사는 고아원에서 멀리 떨어진 곳에 있었으나, 그는 병원에 도착할 때까지 멈추지 않고 뛰었다.

내가 얼마나 오래 정신을 잃었었는지 모르지만 깨어나고 나서 모두들 내가 살아나지 못할 거라고 생각했다는 말을 들었다. 내 머리 측면 전체가 껍질을 깐 오렌지처럼 모두 찢겨져서 열렸다. 의사는 정성을 다해 내 얼굴을 꿰맸다. 내 머리는 실로 꿰매 논 야구공 같았으나 그보다 더 보기 흉했다. 그 다음에 내가 기억하는 것이 고아원 안을 걸으면서 내 머리 위의 그 엉성한 바늘땀을 만지던 것으로 봐서 회복하는 데 오랜 시간이 걸렸던 것 같다. 나는 한 번에 조금씩, 여러 날에 걸쳐 실밥을 제거했다.

나이가 많은 소년들이 해야 하는 일 중에 하나는 경비원처럼 순서를 정해서 밤에 자지 않고 고아원과 주변을 순찰하는 것이었다. 이렇게 야간 경비를 하는 이유는 닭 도둑 때문이었다. 닭들은 밤이 되면 낮보다 더 약해져서 쉽게 잡혔다. 하룻밤 사이에 평소보다 더 많은 닭들이 사라지기도 했다. 손전등이 없었기 때문에 소년들은 순찰을 돌 때 석유등을 들고 다녔다.

1958년 어느 날, 또 하나의 불행이 닥쳤다. 한 소년 경비원이 정문 출입구에서 잠깐 쉬면서 잠이 들었다. 잠결에 그는 석유등 위로 넘어졌고, 불이 나면서 몸의 90%가 화상을 입게 되었다. 그는 즉시 서울 근교 미군 부대 가까이에 있는 병원으로 호송되었다. 그의 몸은 말로 표현할 수 없을 정도로 많이 망가졌고, 수혈이 절실하게 필요했다. 많은 미군들이 그 소년에게 자신들의 피를 제공했다고 들었다. 아무도 그가 살아날 것이라고 생각하지 않았다. 그는 오랫동안 참기 어려운 고통을 이겨 냈다. 그때 생긴 흉터는 평생 동안 없어지지 않았다. 그도 나처럼 뛰어난 의학 기술 때문만이 아니라 어떤 종류의 기적 때문에 살아났다고 믿는다.

고아원 발전에 엄청난 영향을 미친 후원자 중 하나는 존 테일러 대령이었다. 그는 오산 공군 기지의 부대장이었다. 또 한 사람은 렉스 스나이더란 사람으로 아이들의 정원이 새로운 전환기를 맞이하게 되는 데에 지대한 영향을 끼쳤다. 그들 외에도 고아원을 돕는 데 주도적인 역할을 한 미군들이 더 많이 있었다는 것을 확신하지만, 이름을 다 기억하지는 못한다.

테일러 대령은 친절하고 관대한 사람이었다. 예일 대학을 졸업한 그는 어떤 정치인이라도 부러워할 정도로 연설을 잘했다. 리더십이 있었고 평판이 좋았다. 그는 현역시절에는 군인들에게, 30년 넘게 근무한 뒤에 공군을 은퇴하고 나서는 보이스카우트나 다른 단체들에게 용기를 북돋우는 연설을 했다. 젊은 시절에는 공군 조종사로 근무했고 은퇴한 후에는 미국 보이스카우트에 나머지 인생을 바쳤다.

어떤 이유에서인지는 모르지만 이분이 나에게 호감을 가졌다. 그는 누구든지 골라서 친구로 삼을 수 있었다. 난 그다지 특별한 것이라고는 없는 한 명의 코흘리개 고아에 불과했지만, 아이들의 정원에 있는 70명도 더 되는 모든 고아들 중에 그는 나를 선택했다. 나는 친구가 별로 없는 부끄럼 많고 조그마한 아이였다. 나보다 더 지적이고 원만한 성격을 지녔으며 확실하게 더 잘생긴 아이들이 수없이 많이 있었지만, 하나님의 은혜로 그는 나를 골랐다. 테일러 장군과의 친분이 어떻게 나의 인생을 통째로 바꿔 놓을지 그 당시에는 전혀 몰랐다. 왜 그가 나를 선택했을까?

내가 기억하기로는 그 친분관계는 1956년에 고아원이 새 건물로 이사하기 전에 시작되었던 것 같다. 어떻게, 왜, 이 관계가 시작되었는지 전혀 기억이 나지 않는다. 샘이 테일러 대령이 나에게 관심이 있다고 하면서 그에게 친절하게 대해야 한다고 말해 주었고, 그가 방문할 때 같이 시간을 보내기만 하면 된다고 일러 줬다. 그는 테일러 대령이 아주 중요한 사람이라고 말했다. 테일러 대령은 고아원을 방문할 때면 언제나 나를 불렀다.

어느 날 그는 나에게 새 셔츠를 가져다주었다. 새로운 셔츠를 가지는 것은 그 당시에는 대단한 일이었기에 이 셔츠는 아주 특별한 것이었다. 나는 새 셔츠의 냄새와 감촉을 느껴 본 적이 없었다. 미제 셔츠를 가져 본 적은 더더구나 한 번도 없었다. 낡은 옷이나 헝겊을 덧댄 옷과는 비교가 안 되는 천의 감촉, 그 새로운 모양새! 이 옷이 나를 얼마나 중요한 사람으로 느끼게 만들었던가! "와우!"란 감탄사가 다른 아이들 입에서 쏟아졌다. 또 한 번은 꽤 많은 양의 미제 껌을 받았다. 미제 껌은 아주 특별했다. 달콤한 설탕, 오래 지속되는 풍미, 그리고 환상적인 맛은 다른 고아들의 부러움의 대상이었다. 미제 껌을 한 번도 맛본 적이 없는 아이들도 많았다.

한국에서 자라나고 있는 어린이들은 매우 재치가 있었다. 우리가 그 당시에 일반적으로 씹던 껌의 원료는 알록달록한 껍질이나 고급스럽고 달콤한 맛을 갖고 있지 않았다. 우리는 숲을 돌아다니면서 나무에서 흘러내린 수액이 모여 있는 소나무에서 주로 껌의 원료를 찾았다. 이 끈적끈적한 물질을 손바닥에 놓고 어느 정도 딱딱해질 때까지 비빈 후에 그것을 입에 넣고 껌처럼 씹었다. 이 껌은 씹을 때 이 사이에 자주 박혔다. 우리는 질감이 씹기에 딱 좋을 때까지 이 지저분하고 쓴 수액을 이로 질근질근 씹으면서 입 안에서 혀로 돌돌 마는 작업을 했다. 그 껌은 말할 필요도 없이 하나하나 개별 포장되어 있고, 풍미로 가득 차 있으며, 이에 달라붙지 않는 미국 껌과는 전혀 달랐다.

그 당시에 소나무는 자양분처럼 생존에 필요한 여러 가지 자연친화적이면서 이로운 자원들을 공급해 주었다. 작은 소나무 가지를 잘라서 두꺼운 나무껍질을 벗기면 나무껍질 안쪽에 부드럽고 촉촉해서 씹을 수 있고 먹을 수 있는 표피층이 있는데 우리는 흰 막의 이 얇은 부분을 먹었다. 보통 씹어서 양분을 빨아먹은 뒤에 과육을 뱉었다. 가을이 되어 솔방울이 떨어질 때는 그 씨앗이나 잣에 의존하여 더 많은 보충 식량을 얻을 수 있었다.

3학년이었던 어느 날, 나는 한 미군이 준 껌을 모두 가지고 학교로 갔다. 고아원에는 그 껌을 숨길 장소가 아무 데도 없었다. 껌으로 가득 찬 내 주머니는 아주 쉽게 눈에 띄었다. 선생님이 불룩 튀어나온 내 바지 주머니를 보았고 주머니를 비우라고 말했다. 내가 그 껌들을 훔쳤다고 생각한 선생님은 모든 껌을 압수했다. 너무나도 절망스러웠다.

그날은 모든 아이들이 육상경기와 다른 야외 경기를 하면서 경쟁하는 운동회 날이었다. 이 운동회가 내가 한국 학교에서 보냈던 시절에 대한 마지막 기억이다. 학교에서 배운 것들 중에 여전히 내 마음속에 각인되어 있는 것 한 가지는 일본인에 대한 증오였다. 앞에서 얘기했듯이 한국에 대한 일본의 식민통치 역사는 매우 잔혹했다. 그들은 한국 여성들을 노예처럼 죽이고, 강간하고, 부려먹었으며 인간 생명의 존엄성을 무시한 채 약탈을 일삼고, 무자비하게 불태웠을 뿐만 아니라 한국의 문화재를 훔치고, 우리 가족을 포함하여 수많은 가정을 파괴했다.

수개월 넘는 시간을 테일러 대령과 보내면서 유대 관계가 점점 돈독해졌다. 이 관계가 내 미래에 어떤 영향을 미칠지 현실적으로 파악하기에 나는 너무나도 어리고 순진했다. 그저 샘이 시키는 대로 테일러 대령이 고아원에 올 때 같이 있었고, 그가 방문하는 동안 예의 바르게 굴었다.

1958년에, 나와 관련된 수많은 협정서, 접종, 건강검진, 조사, 엄청난 양의 서류작업과 진행 과정에 대한 보고들이 이루어졌다. 생리적 욕구를 해결하는 은밀한 시간 중 한 번은 매우 길고 흰 물체가 다른 오물들과 함께 몸에서 배출된 것이 기억나는 걸로 봐서 이러한 접종이 분명 효과가 있었던 것 같다. 나중에 이 기생충이 촌충이라는 것을 알게 되었다. 그 당시 이 기생충에 감염된 한국인이 많이 있었다.

테일러 대령, 샘, 그리고 나는 한국의 수도인 서울로 여러 번 왔다 갔다 했다. 오랫동안 나는 이것이 의미하는 바가 무엇인지 몰랐으나, 오고 가는 과정 중에 따로 한쪽으로 불려가서 미국으로 갈 것이라는 말을 들었다. 나는 입양되고 있었던 것이었다. 입양된다? 나는 그 단어가 무엇을 의미하는지 전혀 몰랐다. 미국으로 가서 미국 가족이랑 살게 될 거라는 것만 알고 있었다. 한참 뒤까지 이 가족이 테일러 대령의 형인 달라스 테일러 씨의 가족이라는 사실을 알지 못했다. 나중에 나는 테일러 대령을 '엉클 잭'이라고 부르게 되었다.

필요한 모든 서류들이 문제없이 진척되고, 요구되는 모든 접종과 건강검진, 지문 채취, 범죄 경력 조회까지 완료된 후, '아이들의 정원' 출신 고아들을 포함하여 여러 다른 고아원에서 온 한 무리의 한국 어린이들이 새로운 인생을 시작하기 위해 미국으로 역사적인 비행을 할 때가 왔다. 그날은 1958년 12월 25일 크리스마스였다. 입양 서류에 의하면 나는 7살이었고, 내 의지와 상관없이 미국이라는 미지의 나라로 새로운 모험을 떠나야만 했다. 우리는 서울 김포공항에서 많은 이들의 인생을 좋든 나쁘든 영원히 변화시키게 될 비행기에 올라탔다. 샘은 '아이들의 정원'에서 온 아이들에게 마지막으로 당부를 했다. 그는 먼저 두꺼운 한국 성경책을 우리에게 주고 나서 우리가 미국으로 갈 것이라고 말했다.

"막대한 부와 기회의 땅. 너희들은 성공할 수 있다. 모든 것이 가능하지만 매우 열심히 일해야만 한다."

이 부분의 이야기에서 벗어나기 전에, 나와 관련된 어두운 비밀을 하나 언급해야만 할 것 같다. 난 이 수치스런 비밀을 오랫동안 꽁꽁 감추고 있었다. 이 일에 대하여 말하는 것조차 나에겐 매우 힘들기에 글로 쓰려고 하니 더더욱 어렵다. 이 비밀은 지금까지 나 혼자만 간직하고 있었던 것이다. 수치스럽고 죄책감이 들어서 무덤까지 가지고 가려고 했다. 심지어 33년 이상을 같이 산 아내에게도 말하지 않았다. 말하려고 여러 번 시도해 보았으나, 차마 이야기할 용기가 나지 않았다. 나 말고도 이런 수치스런 일을 당한 아이들이 있다는 것을 어림짐작하고 있었다. 자존심이 강한 내가 왜 다른 사람이 이것에 대해 알기를 원했겠는가?

수년 전, 은퇴한 후 콜로라도에 살고 있는 잭 삼촌(테일러 대령)을 방문했을 때, 고아원과 거기에 있던 몇몇의 아이들에 대해서 이야기를 나눈 적이 있었다. 그가 군인으로 복무하던 시절에 아이들의 정원에서 일어났던 일들에 대한 이야기가 오고 갔다. 삼촌은 샘이 고아원 여자 아이들을 성폭행했었다는 깜짝 놀랄 만한 사실을 알려 주었다. 너무 충격적이었다. 잭 삼촌의 이 폭로에 나는 경악했고 매우 혼돈스러웠다. 이 충격적인 사실은 지금까지 내 맘 깊은 곳에 자리 잡고 있었으나, 이 놀라운 사실을 글로 쓰기 전에 진실 여부를 확인해 줄 만한 사람과 이야기를 나눌 필요가 있다고 판단했다.

2011년 7월에 패티라는 여성분과 통화했다. 그녀를 처음 만난 건 2008년 9월이었다. 그 당시에는 그녀가 훗날 내 인생에서 얼마나 중요한 역할을 하게 될지 몰랐다.

"패티 씨, 제가 제 인생에 대한 이야기를 쓰고 있는데, 고아원에서 경험했던 것들도 넣고 있어요. 아이들의 정원에 있는 동안 당신이 개인적으로 힘들었던 것에 대해서 묻고 싶어요. 좋은 것이든 나쁜 것이든 정직하고 열린 마음으로 얘기해 주셨으면 해요. 조금이라도 숨기지 말고 얘기해 주세요. 그리고 만약 아무것도 이야기하고 싶지 않다면, 그것도 괜찮아요."

패티는 "저도 오랫동안 내 경험을 글로 써서 모두 말하고 싶었어요. 저는 있는 그대로의 진실을 말하고 싶어요."라고 말했다.

"있는 그대로의 진실? 그게 무슨 뜻이에요?"

"사실 전화로는 말하기 힘든 내용들이에요. 저도 글로 쓰고 싶지만, 그렇게 하진 못할 것 같아요. 당신이 글을 쓴다고 하니, 내 이야기를 들려줄게요. 누군가는 진실을 말해야 해요. 저를 만날 수 있나요? 톰이랑 저는 두 주 동안 베가스에 머물 예정이에요. 우리 거기서 만나는 거 어때요?"

톰은 패티의 연인이었다. 아내에게 패티를 만나러 베가스에 가고 싶은지 물었을 때, 그녀는 전혀 주저함이 없었다.

"그거 혹시 함정 있는 질문이에요?"라고 아내 알마가 물었다.

패티는 우리 만남의 목적을 잘 알고 있었다. 난 그녀를 인터뷰해서 진실을 밝혀내고 그 내용을 글로 쓰려고 했고, 그녀는 자신의 생각을 나에게 이야기해 준 여러 사람들 중의 하나였다.

베가스에서 패티를 만났을 때, 그녀는 나이가 66세인 과부였다. 사별한 미국 남성과는 결혼해서 13년 이상을 같이 살았다. 죽은 남편과는 슬하에 2명의 자녀가 있었다. 톰과는 20년 이상 같이 지내고 있었다. 패티는 1956년에 그 고아원에 들어가서 1965년에 미국으로 왔다. 그녀가 고아원에 있는 동안에 우리는 서로 알지 못했다.

"남자 아이들과 여자 아이들은 항상 분리되어 있었어요."

그녀가 말했다.

"다른 성별과의 접촉은 전혀 없었어요. 우리가 함께 있었던 유일한 시간은 노래 연습을 할 때였어요."

패티는 계속해서 말했다.

"고아원에서 가장 좋았던 것은 미군들이었어요. 그들이 핵심이었고 아이들의 정원을 살리는 중요한 자원이었어요."

"고아원에서 가장 나쁜 기억은 무엇인가요?

"성폭행."

패티가 대답했다.

"물론, 육체적, 정신적 학대가 많이 있었지만, 성폭행이 최악이었어요. 그들은 나와 수많은 다른 여자 아이들을 이용했어요. 그들이 나의 순결을 빼앗았고, 난 그것을 다시 되돌려 받을 수 없어요. 샘하고 샘의 동생이 나를 이용해 먹었고, 그러한 일들로 인해 난 절대로 그들을 용서할 수 없어요. 제가 다른 소녀들에 관해서 말할 수는 없지만, 그들도 성폭행 당했다는 것을 알고 있어요."

나는 그녀의 진심 어린 말과 솔직함, 그리고 기꺼이 자신의 감정을 나누려는 용기에 놀랐다. 녹음기가 작동하는지 확인하려고 아래를 내려 보고 있는 사이에도 그녀는 계속해서 자신의 마음을 쏟아 놓았다.

"이런 것들에 대해서 이제까지 아무에게도 이야기한 적이 없어요. 수치와 죄책감을 느꼈기 때문이에요. 하지만 전 아무런 잘못도 하지 않았다는 것을 깨달았어요. 죄책감을 느껴야 할 사람은 샘이고 책임을 져야 할 사람도 샘이어야 해요. 점점 나이가 들어 가면서 다른 사람들이 말하는 것에 더 이상 신경 쓰지 않게 되었어요. 옛날에는 그것이 단지 지나간 과거일 뿐이고 그래서 그 일에 대해 잊어버리려고 마음먹었지만, 나이가 들면 들수록 그 일에 대해 더 많이 생각하게 되고 더 많이 화가 나요. 그 사람 때문에, 한국 남자들은 모두 그와 같을 것이라는 생각에, 한국 남자랑 결혼할 수 없었어요. 그 사람 때문에 나는 미국으로 와서 미국 남자랑 결혼했어요. 난 한국을 그리워하지 않아요. 한국에 가족들을 만나러 가끔 가지만, 미국이 나의 집이에요. 한국에서 돌아오면, 여기에 있는 것이 너무 행복해요."

패티는 계속해서 이야기를 쏟아놓았다.

"그들이 원하는 것을 하지 않을 때는 벌을 받았어요."

"어떤 식으로 벌을 받았나요?"

내가 물었다.

"한밤중에 건물이나 숙소 밖으로 쫓겨났고, 문이 안에서 잠겼어요. 샘은 항상 머리를 때렸어요. 심한 두통이 나를 괴롭히곤 했는데 수년간 머리를 맞아서 그런 것이라고 믿어요. 그것 때문에 머리 MRI도 몇 번 찍어야 했어요. 난 절대로 그를 용서하지 못할 거예요. 그는 나를 육체적, 정신적으로 학대했고, 무엇보다도 성적으로 학대했어요. 그가 나의 순결을 빼앗았어요. 우리는 어리고 순진했어요. 고아원에 있었던 다른 소녀들도 같은 일을 겪었지만, 몇몇 소녀들은 절대로 그 일을 말하지 않을 거예요."

"당신이 가장 행복했던 때는 언제였나요?"

내가 그녀에게 물었다.

"가장 행복했던 때는 미군들과 함께한 시간들이에요. 그들은 고아원이 존재할 수 있는 이유였어요. 그들이 아이들에게 웃음을 가져다주었어요. 샘이 아니라 그들이 우리에게 먹을 것과 쉴 곳을 제공했어요. 사실, 샘과 그의 가족들은 고아들을 위해 쓰기로 된 돈을 꽤 많이 빼돌려서 큰 부자가 되었어요. 샘은 어머니 이름으로 평택에 엄청 넓은 땅을 샀어요. 모든 재산은 그의 어머니 이름으로 되어 있어요. 그의 자녀들은 모두 수준 높은 교육을 받았어요."

나는 그녀의 정직함과 솔직함에 감동을 받았다. 성폭행에 대해서 들었지만 이렇게 파렴치한지는 몰랐다. 잭 삼촌이 나에게 성폭행에 대해서는 여러 번 얘기했지만, 돈을 횡령하고 땅을 산 것에 대해서 들은 것은 이번이 처음이었다.

얘기를 끝내면서, 그녀에게 나 또한 폭로해야 할 비밀이 있다고 이야기했다.

"패티, 난 이것에 대해서 누구에게도, 심지어 알마에게도 말한 적이 없어요. 당신처럼 나도 수치와 죄책감을 느꼈기 때문이에요. 나도 성적으로 학대당했지만, 샘이나 그의 형제에 의해서가 아니에요. 난 샘이 형제가 있는지도 몰랐어요. 그건 미군들에 의한 것이었어요. 당신처럼 그 과거를 잊으려고 노력했지만, 지워지지 않는 기억들이 때때로 느닷없이 떠올라요. 이 이야기는 쓰지 않으려고 했는데 당신과 이야기하고 나서, 나의 어두운 비밀을 이야기 할 용기를 얻었습니다."

2장
장작더미

큰 여객기가 그날 한국을 떠나는 모든 아이들을 실어 나르기 위해 개조되었다. 아기들을 태우려고 대부분의 좌석이 제거되었다. 그 비행기는 군용기가 아니었다. 난 여성 도우미들만 본 기억이 난다. 이들은 보모거나 보모를 보조하는 사람들이었다. 얼마나 많은 아이들이 고향을 떠나고 있는지는 몰랐지만, 그 비행기는 이 아이들을 모두 수용할 만한 크기였다. 아이들 대부분은 서로 잘 모르는 사이였다. 나를 포함해서 단지 3명의 어린이가 아이들의 정원 출신이었던 것으로 기억한다.

비행기 바닥은 요람에 누워 있는 아기들로 가득 차 있었다. 나는 분위기에 압도당해서 매우 겁이 났는데 다른 아이들도 똑같이 겁을 먹고 있다는 걸 알았다. 그들의 얼굴 표정에 명백하게 드러나 있었다. 비행기를 타고 가는 동안 아무도 말 한마디 하지 않았다. 아마도 우리 삶에 일어나고 있는 이 충격적인 사건 때문이거나 단순히 처음으로 타는 비행기가 두려워서일 수도 있었다.

비행기에 타고 있는 아이들 중에 한 명은 나의 누나 '이길순'이었다. 말할 필요도 없이 그녀도 나와 같은 고아원 출신이었다. 우리는 절대로 서로 아는 체하지 않았다. 형제자매들끼리 그냥 같이 앉아서 이야기하는 관계는 그 당시에 존재하지 않았다. 최소한 고아원에서는 없었다. 난 누나랑 말 한마디조차 섞어 본 기억이 없다. 너무 겁에 질려 있어서일 수도 있고 너무 어려서 그랬을 수도 있고 아마도 고아원에서는 그래서는 안 된다는 것이 우리 머리에 박혀 있어서 모른 척했을 수도 있다. 모두들 살아남느라, 그리고 시키는 것을 하느라 너무 바빴다. 고아원에서 서로 마주쳐도 절대로 우리가 남매라는 사실을 드러내지 않았다. 그 비행기 안에 나처럼 형제자매를 낯선 사람 대하듯 지나치는 다른 아이들도 분명히 있었을 것이다. 일단 미국에 도착하면 우리는 헤어지게 될 것이라는 걸 알고 있었다.

비행기에 타고 있는 아이들의 정원 출신의 다른 고아는 나보다 나이가 많은 소년이었다. 그 해 말쯤, 나는 로버트(그 남자 아이의 이름)가 나의 사촌이 되었다는 것을 알았다. 로버트는 화상을 입은 소년의 형이었다. 그는 나를 입양한 달라스 테일러의 남동생인 짐 테일러에 의해 입양되었다. 수년이 지난 뒤에 사실은 존 테일러 대령이 나를 입양하고 싶어 했지만, 미혼이어서 어려울 것 같아, 그의 형에게 나를 대신 입양해 달라고 요청했다는 이야기를 들었다.

비행은 길고 지루하고 무서웠다. 비행 내내 아이들의 우는 소리를 듣고 고약한 기저귀 냄새를 맡았다. 엔진의 윙윙거리는 소리와 굉음은 귀를 먹먹하게 했다. 하와이를 경유했지만 자세히 기억이 나지 않는다. 워싱턴주 시애틀에 내린 것은 기억이 난다. 로버트, 영어를 할 줄 아는 한 남자 아이, 그리고 나를 포함한 세 명의 아이들을 제외하고, 대부분의 미국 가족들이 입양아를 기다리고 있었다. 우리는 그날 밤을 그 지역에 있는 어떤 가족과 보내고 다음날 다른 비행기에 태워졌다. 로버트는 펜실베니아로 보내지고, 나는 뉴저지로 보내졌다.

사람들도, 음식도, 문화도 전혀 다른 이 낯선 나라에서 내 인생 여정은 계속되고 있었다. 내가 어느 누구도 이해할 수 없고 그들 또한 나를 이해할 수 없다는 사실이 가장 두려웠다. 이해를 잘하고 잘 못하고를 떠나서 다른 사람을 이해하려고 안간힘을 쓰는 것은 누구에게나 끔찍스럽고 두려운 일인데 어린 아이에게는 특히나 더 했다. 수년간 경험했던 극심한 악몽과 잠 못 이루는 밤들이 이때부터 시작되었다.

테일러 가족 대부분이 미소를 머금고 웃으면서 공항에서 나를 기다리고 있었다. 그 공항은 뉴욕에 있는 라가디아 공항이었던 것 같다. 모두들 즐겁고 행복해 보였다. 차를 타고 뉴저지의 새 집으로 가는 길은 아주 멀게 느껴졌다. 차창 밖으로 보이는 모든 것들이 너무 커 보였다. 빌딩들도, 집들도, 모든 것들, 심지어 내가 타고 있는 차까지도. 나는 이렇게 산업화되고 발전된 나라를 본 적이 없었다.

'논은 어디에 있지? 초가집은? 저 높은 빌딩들은 뭐지? 난 어디에 있는 거지? 여긴 너무 무서운 곳이야!'

나에겐 존 리 테일러라는 새로운 이름이 주어졌다. 존은 존 테일러 대령을 따서, 그리고 리는 나의 한국성으로부터 왔다. 5년이 채 되기도 전에 내가 한 번 더 이름을 바꾸게 되리란 걸 그 당시에는 전혀 예상하지 못하고 있었다. 필요한 서류 작업을 마무리하여 쉽게 입양이 성사되도록 하려고 내 이름부터 시작하여 출생기록까지 모두 조작되었다. 한국 전쟁 기간에는 출생기록이 전혀 남아 있지 않거나, 없어졌거나, 파괴되었다. 입양 과정에서 해당 문서를 찾는 작업 같은 실사는 하지 않았다.

이 입양을 통하여 짧은 기간 동안 함께할 가족을 얻었다. 새로운 엄마와 아빠 외에 여형제인 마르샤와 바바라, 남형제인 크레그와 달라스가 생겼다. 나중에 두 여자 아이들도 테일러 가족에 의해 입양되었다는 것을 알게 되었다.

나는 매우 추운 크리스마스 연휴에 뉴저지에 도착했다. 크리스마스 장식과 알록달록한 불빛들은 나에겐 너무나도 새로웠다. 고아원에 약간의 장식품들이 있긴 했지만, 길거리를 따라 집집마다 알록달록하게 전시되어 있는 장식품과는 비교할 수가 없었다. 그것들은 아름답고 눈부시게 밝았다! 새로운 가족들과 함께 나의 마지막 종착지인 어펄 새들 리버(Upper Saddle River)에 위치한 새로운 집에 마침내 도착했을 때는 훨씬 더 춥게 느껴졌다. 테일러 씨는 그 집을 '장작더미'라고 불렀다.

그 집은 거대하고 웅장한 전나무들과 다양한 종류의 소나무들로 둘러싸여 있는 크고 오래된 2층짜리 집이었다. 모든 큰 나무들에는 땅 속으로 몇 피트 정도 묻혀서 나무 아랫부분부터 꼭대기로 길게 뻗은 보호 피뢰침이 설치되어 있었다. 훗날에, 나는 그 나무들을 오르면서 시간을 보냈다. 집 안에서 창문을 통해 100년 된 그 웅장한 나무들을 볼 수 있었다. 몇 개의 큰 먹이통에서 먹이를 먹는 새들과 새집들, 그리고 마당에서 놀고 있는 다람쥐도 볼 수 있었다.

그 집은 거대한 크기만으로도 상당히 위협적이었다. 그동안 한 방에서 여러 명의 다른 아이들과 같이 잠을 잤는데, 이제 집 뒤쪽 구석에 나 혼자만 쓰는 2층 방이 생겼다. 밤중에 화장실로 걸어가면, 한걸음씩 움직일 때마다 오래된 나무 마루가 삐걱거렸다. 그 집에는 물건들이 무척 많았는데 마치 밤에는 살아 움직이는 것처럼 느껴졌다. 어린아이라면 누구라도 두려워 떨 곳이어서 난 잘 때 이불을 머리끝까지 뒤집어쓰고 잤다. 심지어 낮에도 물건들의 그림자가 너무 진짜 같고 살아 있는 것 같아서 2층으로 올라가는 것이 때때로 섬뜩했다.

다락이나 지하저장고에 가는 것은 특히나 더 무서웠다. 옛날에만 볼 수 있었던 물건들이 있어서 다락도 오싹한 곳이었지만, 지하저장고가 가장 무서웠다. 아버지께서 지하저장고에 있는 어떤 도구를 가지고 오라고 심부름을 시킬 때마다 겁이 나서 움찔댔다. 지하저장고는 퀴퀴한 냄새가 나고, 내려갈 때면 언제나 등골이 서늘해졌다. 항상 악령들과 나쁜 사람들이 뒤에서 나를 해하려고 구석구석에 몸을 숨기고 있는 상상을 했다.

나의 극심한 악몽은 점점 더 생생해졌다. 영어를 할 수 없어서 누구에게도 그 꿈에 대해서 말할 수 없었다. 그래서 오랜 동안 이 '미지의 세계' 같던 꿈들을 나 혼자만 간직하고 있었다. 누군가에게 쫓기고 있거나 나쁜 사람을 피해서 도망가는 악몽을 반복해서 꾸었다. 꿈속에 나타난 악당이나 괴물은 사악했고 언제나 나를 해치려고 했는데, 내가 무슨 잘못을 저질렀는지는 전혀 알 수가 없었다. 꿈속에서 난 완전히 지쳤지만, 언제나 계속 뛰거나 숨고 있었다. 가끔씩 맞서서 싸우려고 했지만, 내가 싸울 때는 마치 마취된 것처럼 슬로우 모션이 되었다. 난 늘 막 잡히려고 할 때, 완전히 녹초가 되고 땀에 젖은 상태로 잠에서 깨어났다. 이 악몽은 여러 해 동안 계속되었다.

그 거대한 집은《바람과 함께 사라지다》에 나오는 집을 연상시켰다. 세월이 지난 후에 그 집은 역사적인 명소의 하나로 지정되기도 했다. 7개의 침실은 모두 2층에 있었다. 4개의 화장실 중 3개는 2층에 있었고 하나는 1층에 있었다. 2층 침실에는 집 양쪽 끝에 있는 계단을 통해 올라갈 수 있었다. 2층에 다락으로 연결되는 또 다른 계단이 있었다.

　아래층에는 매우 큰 방 6개와 아침 식사를 하는 곳이 마련된 부엌이 있었다. 저녁은 항상 정식 만찬장에서 먹었다. 짙은 색깔의 화려하고 단단한 단풍나무로 만들어진 식탁이 만찬장 중간에 놓여 있었다. 광활한 공간을 지닌 벽면들은 밖으로 여는 큰 창문들로 채워져 있었다. 이 방의 중간쯤 되는 창문 옆에 살아 있는 나무를 사용한 큰 크리스마스트리가 수많은 아름다운 장식품들로 꾸며진 채 놓여 있었다. 아버지는 늘 살아 있는 나무를 샀고 크리스마스가 지나면 우리는 마당에 그 나무를 심었다. 그 나무 아래에는 내가 열어 주기를 기다리고 있는 수많은 선물들이 놓여 있었다. 선물들은 대부분 내가 상상도 못해 봤던 장난감이나 옷들이었다. 그렇게 알록달록한 포장지와 아름다운 리본, 그렇게 많은 장난감을 본 적이 없었다.

　큰 부엌에는 긴 수납장에 의해 분리되어 만들어진 식당이 있었다. 우리는 거기서 매일 아침을 먹었다. 다용도실은 부엌 뒤쪽에 위치에 있었고, 아래쪽으로 좀 더 내려가면, 화장실이 하나 있었다. 뒤쪽에 있는 방 중 하나에는 큰 벽난로가 있었다. 이 방에는 뚜껑이 열려 있는 큰 그랜드 피아노가 멋지게 전시되어 있었다. 모든 방에는 동양풍의 카펫이 바닥에 깔려 있었다.

　집 안에는 나무로 불을 때는 거대한 벽난로가 두 개 있었다. 두 벽난로 모두에 큰 선반이 있었다. 선반 위에는 다양한 종류의 시계와 액자에 넣은 사진들이 진열되어 있었다. 겨울에는 좀 더 큰 벽난로가 있는 방에서 항상 나무를 땠다. 우리는 많은 시간을 난로 앞에서 보냈다. 이 벽난로는 불을 만드느라 항상 분주해 보였다. 벽난로가 켜지면 집 전체에 나무 냄새가 났고, 포근한 느낌이 들면서 모든 것이 잘 될 것이라는 확신이 생겼다.

나와 마르샤, 바바라는 마시멜로를 구워 먹고 팝콘을 만들어 먹고 휴식을 취하면서 잡담을 했고, 바닥에 누워서 벽난로의 온기를 느끼면서 숙제를 했다. 매일아침 잠에서 깰 때에도 불씨는 여전히 타고 있었고 나무 냄새가 집 전체에 남아 있었다.

집은 오래된 가구와 그림으로 가득 차 있었다. 시계가 무척 많았는데 마치 모두들 동시에 잠에서 깨어나서 울리는 것 같았다. 벽시계, 선반에 놓인 시계, 적어도 7피트나 8피트는 확실히 되는 할아버지 시계, 뻐꾸기시계들이 모두 하나가 되는 것 같았다. 시계들이 제각각 울릴 때는 서로 다르게 울리는 요란한 소리가 아름답기는 했지만, 시간에 대한 감각을 잃어버린 것 같아 짜증이 나기도 했다.

거대한 지하저장고에는 큰 방이 7개 있었다. 한 방에는 리오넬 기차 세트가 놓인 큰 단이 있었다. 복잡한 철로 세트가 십자형으로 그 단 위를 가로지르고 있었다. 각양각색의 풍경과 건물들이 전체적인 배경을 이루고 있어서 소형 기차들이 진짜 기차처럼 보였다. 아버지가 흑백 사진을 뽑는 암실로 사용되는 방도 있었다. 지하저장고 뒤쪽 깊은 구석에는 오래된 와인과 최근에 집에서 만든 민들레 와인을 저장하는 방이 있었다. 방 하나는 아버지의 작업실이었는데 도구란 도구는 다 갖추어져 있었다. 마르샤와 나는 주로 오래된 텔레비전 세트가 있는 또 다른 방에서 텔레비전을 보았다. 이 방에는 바닥에서 천정까지 뭔지 모르는 물건들로 가득 찬 박스들이 쌓여 있었다.

한 방은 오래된 용광로가 바닥에 있었고, 석탄 무더기가 나머지 부분을 채우고 있었다. 삽으로 석탄을 퍼서 용광로에 넣으면 이것이 물을 데워서 방에 있는 라디에이터로 뜨거운 물이 흘러가도록 했다. 이 오래된 집에는 방마다 라디에이터가 있었다. 지하저장고에 있는 두 개의 방은 석탄으로 꽉 차 있었다.

나중에는 현대적인 난방 시스템으로 바뀌었다. 석탄을 삽질해서 난방하는 방식에서 스위치를 켜서 물을 데우는 현대식으로 전환했다. 이 현대식 온수기는 냉장고를 2대나 3대 합쳐 놓은 크기가 될 정도로 거대했다. 이 거대한 물탱크는 아버지가 대부분의 장비들을 보관하는 방에 놓여졌다.

이 방에서는 모든 종류의 도구들을 찾을 수 있었다. 바닥에서 천장까지 도구들이 질서정연하고 빈틈없이 벽에 쌓여 있었다. 천장에 있는 기둥에 못으로 박혀서 고정되어 있는 뚜껑들과 그 뚜껑에 맞게 꽉 조여진 깨끗한 병이 줄을 지어 있는 것도 볼 수 있었다. 조합을 이루는 다양한 크기의 너트와 볼트, 나사들이 그 깨끗한 병 안에 들어 있었다. 어떤 특정한 크기의 너트, 볼트, 나사가 필요할 때, 쉽게 찾을 수 있도록 정리가 되어 있었다.

아버지와 같이 살면서 실생활에서 활용할 수 있는 다양한 생활 아이디어들을 배웠는데 그중의 하나가 이 방법이어서 오늘날에도 차고를 정리할 때 이 방법을 사용한다. 이 간단하고 쉬운 방법을 이용하여 차고에 있는 잡동사니들을 정리하려고 아내에게 땅콩버터 병을 씻어서 보관해 달라고 부탁한다.

테일러 씨의 집은 아주 넓은 면적의 땅에 위치해 있었다. 본가로부터 200피트(61m)쯤 되는 곳에 3개의 차고가 있었다. 하나는 상당히 컸는데 아버지가 큰 도구들, 오래된 차들, 트랙터들 그리고 골동품 가게에서나 볼 수 있는 것들을 보관하는 곳이었다. 그 큰 차고의 윗부분에는 건초를 두는 곳이 있었다. 시간이 흘러 새 생활에 좀 익숙해진 후에 나는 마르샤와 아버지 방에서 권총을 몰래 훔쳐 건초더미가 있는 위층으로 올라가서 차고에 들끓었던 박쥐들을 쏘곤 했다.

다른 두 차고도 재미있는 것들로 가득 차 있었지만, 전혀 관심도 없었고 그것들이 무엇인지도 알지 못했다. 거기에는 아버지의 큰아들인 달라스 소유의 오토바이도 몇 대 있었다.

여러 가지 다른 종류의 야채들과 과일들이 심겨진 넓은 밭이 집 주변을 에워싸고 있었다. 딸기, 토마토, 가지, 고추, 심지어 산딸기까지 있었다. 양분을 갖고 있는 비옥한 땅을 망치지 않으려고 매년 다른 종류의 작물들이 심겨졌다. 아버지는 그 땅을 임대했고 임대 조건으로 우리가 먹을 모든 종류의 과일과 야채들을 따갈 수 있도록 했다. 우드파일에는 항상 신선한 과일과 야채들이 풍부했다. 마르샤와 나는 종종 밭에 가서 이주 노동자들 옆에서 그들과 같이 과일과 야채를 땄다.

뉴저지에서 나의 생활은 험난하면서 동시에 매우 교육적이었다. 나는 테일러 부인과 그다지 친해지지는 못했다. 그녀는 인자하고, 친절하고, 이해심이 많았던 분으로 기억한다. 키가 크고 마른 체형이었고 부드러우면서도 연한 파란색 눈과 역시나 온화하고 사랑스러운 미소를 지니고 있었다. 내가 내 집 같은 편안함을 느낄 수 있도록 그녀는 자기가 할 수 있는 것은 다 했다. 테일러 부인은 현실적인 사람이었다. 나를 달래거나 그냥 행복하게 만들기 위해 물건들을 사주거나 하진 않았다. 하지만 내 여형제들과 내가 잘 지낼 수 있는 데 필요한 것들은 모두 사 주었다.

그 모든 노력에도 불구하고, 그녀는 나 때문에 힘들어했다. 그녀는 열심히 노력했지만 나 또한 적응하는 데 힘든 시간을 보내고 있었고, 그로 인해 어리석은 행동들을 많이 했다. 언어의 장벽 또한 너무 컸다. 그들은 나를 미국 생활에 적응시키는 일이 이렇게 힘들리라는 예상을 하지 못했던 것 같다.

그 당시 새로운 내 삶은 하나의 도전이었다. 내겐 이 도전이 고아원에서 내가 익혀야 했던 생존 기술보다 더 어렵고 스트레스가 많았다. 새로운 언어를 배우고, 미국 사람들을 이해하고, 상황을 파악하는 일들이 너무 어려웠다. 그들의 문화도 내게는 문제가 되었다. 내가 그들 문화에 적응하느라 힘들었던 것처럼, 어머니나 다른 가족들도 동일하게 나를 힘들어했었음이 틀림없었다.

어느 날, 어머니와 쇼핑을 하고 있었는데 장난감 총을 갖고 싶어졌다. 카우보이가 나오는 TV 드라마를 많이 봐서 총을 소유하는 것은 멋진 일이라는 생각을 가졌던 것 같다. 그녀는 총을 사주려 하지 않았다. 나는 매우 화가 나서 입이 튀어 나와 있었다. 가게에서 집으로 돌아오는 길에, 나는 차 문을 열고 뛰어 내리려고 했다. 그것이 그녀를 기겁하게 만들었다.

가출을 한 적도 있었다. 그때는 겨울이었고 눈이 온 세상을 덮고 있었다. 무엇이 그런 바보 같은 짓을 하게 만들었는지는 기억이 나지 않는다. 아주 추웠던 기억만 난다. 외투도 겨울 신발도 장갑도 없이 마치 내가 어떤 삶의 목적을 갖고, 갈 데가 있는 것처럼 무작정 집을 나왔다. 몇 마일 정도를 걸은 후에 결국은 꽁꽁 언 채로 친구 집에 도착했다. 그들이 우리 어머니에게 전화했고, 그녀가 나를 데리러 왔었다.

난 한 번도 어머니께서 소리를 지르는 것을 들은 기억이 없다. 그녀는 단지 나를 이해하려고 노력하면서 모든 것이 잘 될 것이라는 확신을 심어주려고 애를 썼다. 내가 가족들에게 그렇게 큰 짐이 되었다는 사실이 나중에 철이 들고 나서야 후회스러웠다.

내가 우드파일에 온 후로 채 2년이 되기 전에 어머니 조이스가 큰 병에 걸리게 되었다. 그녀가 머리 전체에 붕대를 감고 소파에 누워 있거나 방에 누워 있는 것을 봤지만, 정확하게 그녀가 어떤 병에 걸렸는지 알지는 못했다. 사람들이 병문안을 왔다 갔다. 난 이 기간 동안 형들을 그 집에 있는 내내 본 것보다 더 많이 봤다. 당시 큰형 달라스는 내가 오기 전에 군대에 갔고, 크레그 또한 사립학교에 가 있었다.

어머니는 수술 직후에 돌아가셨다. 우리 모두에게 가장 슬픈 시기였다. 그들은 내가 그녀의 임종을 지켜보는 것은 원치 않았으나, 묘지 옆에서 한 장례식에는 참석할 수 있게 해 주었다. 슬픈 기운이 주위에 감돌았다. 가족들과 친구들의 눈은 아래를 향하고 있었고 모두들 침울한 표정이었다. 모든 사람들에게서 그녀의 죽음이 느껴졌다. 어머니는 가족의 버팀목이었고 아버지와 아들들 사이의 평화유지군이었다.

아버지는 아주 엄격한 사람이었고, 두 아들 모두 집을 떠나 먼 곳으로 보내진 것에 대해 분개하고 있었다. 모두들 신경이 곤두서 있었다. 달라스가 집에 들어올 때마다 아버지와 긴 논쟁을 했다. 나는 아버지가 어머니의 병을 달라스의 탓으로 돌리는 것을 들었다. 아버지는 둘째 아들인 크레그에 대한 통제력도 상실했다. 아내를 잃고 혼자 남은 아버지가 다섯 명의 아이들을 키우는 것은 힘에 부치는 일이었다. 두 명의 큰아들 외에 마르샤는 3학년이었고, 큰딸인 바바라는 정신적인 장애를 가지고 있었다. 거기에다 나까지 있었다.

어머니가 돌아가신 지 얼마 되지 않아 이모님 한 분도 돌아가셨다. 그녀는 우리와 함께 살았고, 우리는 그녀를 '이모 왜-왜'라고 불렀었다. 그 후로 얼마 되지 않아 펜실베니아에 살고 있는 아버지의 어머니께서도 돌아가셨다. 할머니가 돌아가시기 전에 우리는 여러 번 할머니 댁을 방문했다. 나는 펜실베니아에 있는 산을 뚫어 만든 터널을 통과해서 지나가는 것이 너무 좋았다. 말할 필요도 없이, 아버지는 이러한 감정적으로 힘든 시기를 보내면서 꽤 많은 스트레스를 받고 있었다. 그의 마음은 아주 무거웠다.

나에게 있어 가장 힘든 것들 중에 하나는 다른 사람과 다르다는 것이었다. 나의 피부, 머리카락, 눈 색깔과 엉터리 영어는 미국에서 눈에 확 띄었다. 이로 인해, 어떤 사람들은 무관심했고, 어떤 사람들은 그것과 정반대로 행동했다. 어른들뿐만 아니라 순진한 아이들도 욕설을 했다. 아마도 아이들은 어른에게서 들은 것을 그냥 따라하고 있었을 것이다. 가끔씩 학교에서 은밀하게 오고가는 말이나 속삭임을 듣곤 했다. 마을에서도 사람들이 자기들끼리 수군대는 것을 볼 수 있었으며 어떤 때에는 사람들이 이유 없이 나를 뚫어져라 쳐다보기도 했다. 미국에 처음 도착했을 때 나는 편견이 무엇이고 차별이 무엇인지 알지 못했다. 불쾌하고 남을 업신여기는 이 모든 말들이 존재한다는 것도 몰랐다. 난 그것들이 어떤 의미인지 몰랐지만, 좋은 말이 아니라는 건 알고 있었다. 그것들은 사람들에게 상처를 주려고 내뱉는 말들이었다. 말하는 목소리, 얼굴 표정, 그리고 몸짓으로 그것을 느낄 수 있었다.

"칭크(중국놈)가 뭐야? 왜 사람들이 나를 '슬랜트 아이즈(동양인을 격하시키는 말)'라고 불러요? '국(동양인을 격하시키는 말)'이 뭐예요?"

이것들은 어린 시절 사람들이 나에게 퍼부은 인종 모독적인 말 중 단지 몇 개에 불과했다.

왜 사람들이 나를 '잽(일본인을 경멸하는 표현)'이라고 부를까? 나는 일본 사람이 아니었다. 사실, 나는 일본 사람을 좋아하지 않았다. 앞에서 언급했듯이 한국 학교에 다니는 동안 전쟁 중 그들이 우리나라 사람들에게 행한 잔혹 행위 때문에 일본인을 미워하도록 교육받았다. 그들은 우리의 적이었다. 나는 미국 사람들이 이것을 알고 있는지 궁금했다.

심지어 나의 이복형제들도 어떤 이유에서인지 나를 싫어했다. 그들은 내가 그들이나 그들 친구 주위에 있는 것을 원하지 않았다. 한번은 크레그와 그의 친구들이랑 놀고 싶었는데, 그들은 그럴 생각이 없었다. 확실하게 그들은 나와 함께 있는 것을 원하지 않았다. 내가 그들의 뒤를 따라갔을 때, 그들은 내가 따라오지 못하게 하려고 인종 모독적인 말들을 쏟아부었다. 사용하지 않은 탄피를 내게 던지기까지 했다. 이 사건이 남과 다르다는 것이 어떤 것인지를 처음 깨닫게 되는 계기가 되었다. 모든 편견에 대한 나의 첫 대면이었던 것이다.

자라면서 이러한 편견들에 대해 배우게 되었고, 나 또한 나쁜 형용사들이나 좋지 않은 말들을 많이 익히게 되었다. 그것들이 의미하는 바를 정확하게 몰랐지만, 아주 남자답고 박력 있게 들렸다. 매우 의미심장하고 권위가 있는 것 같이 들리기도 했다. 그래서 이러한 튀는 말들을 배우고 나서 가끔씩 어른들 앞에서나 다른 아이들에게 그 말들을 내뱉기도 했다. 다른 아이들에게 "퍽(fuck)"이란 말을 한 적도 있었는데, 내 주위에 있던 어른들이 모두 내가 마치 사탄이라도 되는 것처럼 쳐다봤다. 뜻도 모르면서 "S.O.B(개새끼)"라고 말하기도 했다. 이러한 경멸적인 말이나 어구들이 얼마나 나쁜지 알게 된 건 수년이 지난 뒤였다. 그런 불쾌한 말들과 어구들을 사용했던 시간들이 매우 부끄럽고 후회스러웠다.

이 시기에 내가 가장 많이 기억하는 세 사람은 두 명의 누나들과 나의 양아버지였다. 마르샤는 나보다 세 살이 많았다. 그녀는 매우 활동적이었고, 상당한 말괄량이였다. 그녀는 내가 하는 모든 것을 하고 싶어 했다. 내가 나무를 오르면, 내 바로 뒤에서 따라 올라왔다.

눈이 깊게 쌓였던 어느 겨울날, 학교에 다녀온 후에 있었던 일이 기억난다. 우리가 살고 있는 집은 어펄 새들리버에 있는 큰 도로 옆 한쪽 모퉁이에 위치해 있었다. 마르샤와 나는 교차로의 오른쪽 코너에 있는 큰 나무에 올라갔다. 우리는 한 무더기의 눈뭉치를 만들고, 나쁜 장난을 치려고 차들이 지나가기를 기다렸다. 대부분의 아이들이 그렇듯이 우리의 행동이 가져올 결과에 대해서는 생각하지 못하고 있었다. 그냥 재미있었다.

우리의 희생제물이 될 차 한 대가 눈 때문에 천천히 지나가고 있었고, 누가 그 차를 운전하는지도 모른 채, 마르샤와 나는 눈뭉치로 그 차를 공격했다. 그 차가 조심스럽게 멈추는 것을 보면서 내 심장은 두려움으로 쿵쿵 뛰기 시작했다. 교장선생님 카말리니 씨가 차에서 나와서 우리가 있던 나무로 걸어오는 것이 아닌가? 그가 우리를 올려다봤다. 교장선생님은 올슨 웰리스 같은 몸집과 생김새를 닮은 덩치가 큰 사람이었다. 그가 우리에게 나무에서 내려오라고 명령했을 때, 내 머릿속은 우리가 받게 될 처벌에 대한 생각과 두려움으로 가득 찼다. 너무 걱정이 되었는데 놀랍게도 카발리니 씨는 우리가 하고 있었던 장난이 얼마나 위험한지에 대한 연설만 늘어놓았다. 마르샤와 나는 카발리니 씨가 아버지께 말씀드릴까 봐 걱정했지만, 그는 그렇게 하지 않았다.

마르샤는 내 친구 무리에 속해 있었다. 그녀는 유쾌한 아이여서 내 친구들 모두가 그녀를 좋아하는 것 같았다. 말괄량이에다가 남자 아이들 만

머나먼 여정

큼이나 장난꾸러기였다. 그럼에도 불구하고, 내 숙제를 도와줄 때는 아주 진지했다. 때때로 그녀는 몇 시간 동안 내 옆에 앉아서 내게 알파벳을 읽고 소리 내는 방법 등을 가르쳐 주곤 했다. 마르샤와 내가 싸우게 될 때는 항상 그녀에게는 아무런 잘못이 없다는 결론에 이르게 되었다. 우드파일에서는 "매를 아끼면 아이를 망치게 된다"는 말에 대한 이해가 없었다. 마르샤는 '아빠가 총애하는 딸'이었고 결과적으로 대부분 내가 벌을 받았다.

마르샤는 식성이 까다로웠다. 우리는 연회가 가끔씩 열리는 큰 식당에서 저녁을 먹었다. 요리는 대부분 아버지가 했다. 그는 시금치를 좋아했고, 시금치 요리를 하면 국물을 한 방울도 버리지 않았다. 언제나 국물을 모아서 차처럼 마셨다. 그는 "모든 양분은 국물에 있어."라고 입버릇처럼 말하곤 했다. 마르샤는 이 잎줄기채소를 몹시 싫어했다. 아버지는 소 간 요리를 많이 했는데, 간이 내는 맛도 무척이나 싫어했다. 그녀는 간을 입에 넣어서 씹는 척했다. 그러면서 아버지가 부엌으로 가거나 딴 데 정신이 팔릴 때까지 기다렸다가 바로 그 간을 뱉어서, 적당한 시기에 식탁 밑으로 내려가서 식탁 버팀목 안에 숨겼다. 식탁 아래에는 간 조각들을 숨길 수 있는 공간이 많이 있었다. 난 늘 그녀의 행동이 재미있다고 생각했다.

우리는 그녀의 식습관에 대해서 절대로 아버지에게 말하지 않았지만, 가끔씩 나는 원하는 것을 얻기 위해 그녀를 협박하기도 했다. 수년이 지난 후 새로운 이름을 갖고 우드파일을 방문하던 시절에 마르샤와 내가 아버지와 그것에 대해서 이야기한 적이 있었다. 우리는 맘껏 웃었다. 아버지는 그냥 미소만 지었다. 간 조각들은 냄새는 전혀 나지 않았지만, 역겨웠다. 식탁 밑에서 씹어서 뭉개진 오래된 간 조각들 위로 곰팡이들이 자라고 있는 것을 볼 수 있었다.

큰누나 바바라는 마르샤보다 7살이 많았다. 바바라는 정신적인 장애를 갖고 있어서 특수반에서 공부해야 했다. 그녀에게는 다른 사람들에게 사랑과 애정을 표시하는 자신만의 방식이 있었다. 바바라는 읽고 쓰지도 못했고, 대부분의 사람들이 하는 식으로 사물을 인지하지도 못했지만, 매우 특별한 재능이 있었다. 음악을 듣고 가락을 외울 수 있었다. 상당히 놀라웠다.

나는 크레그와 그다지 친해지지는 못했다. 그와의 짧은 만남은 그다지 즐겁지 않았다. 아버지는 크레그의 양육권을 그의 남동생 존 테일러 대령에게 넘겨주었다. 그 당시에 테일러 대령은 우리들에게 잭 삼촌으로 알려져 있었다. 아버지는 잭 삼촌이 그 상황을 좀 더 인내심을 갖고 처리할 수 있는 시간이 있다고 생각했던 것 같다. 총각이었고 잘 훈련된 군인 출신이라는 배경이 크레그를 바로잡는 데 필수적이었을 것이다. 아버지가 가장 중요하게 생각했던 것은 크레그가 고등학교를 졸업하는 것이었는데, 결국은 고등학교를 졸업했다.

달라스도 그다지 잘 알지 못했는데 그가 나를 좋아하지 않는다는 것은 알고 있었다. 그는 바바라를 아주 좋아했고, 오토바이에 대한 애정이 대단했다.

훈련을 통해 익혔는지 선천적으로 타고났는지는 모르지만 아버지는 아주 재능이 많은 사람이었다. 그는 상식이 풍부한 만물박사였으며 내가 알고 있는 최고의 숙련공이었다. 자동차나 트랙터의 엔진을 분해할 수 있는 정통한 정비사는 차 운행을 점검하거나 브레이크 고치는 일을 한다. 아버지는 용접을 하고, 배수시설을 고치고, 전기시설을 손봤다. 그가 라디오를 고치려고 지하저장고에 있는 작은 납땜용 인두를 사용하여 아이오드와 트랜지스터를 제거하고 다시 설치하는 작업들을 하는 것을 보곤 했다. 그는 옛날 진공관 텔레비전을 수리했으며 열렬한 사진작가이기도 했다. 지하에는 그가 흑백사진을 현상하던 암실이 있었다. 개인 사진관을 갖고 있었던 것이다.

테일러 씨는 모든 종류의 차를 좋아했지만 특별히 스포츠카를 가장 좋아했다. 우드파일에는 엠지 미드젯 스포츠카가 세 대 있었다. 우드파일 차고에 있던 다른 스포츠카는 닷선 Z240과 Z260이었다. 큰 올즈모빌 한 대와 두 대의 캐딜락도 기억난다. 그는 아픈 어머니에게 1959년산 새 캐딜락을 사 주었다. 그 차는 차체가 크고 무게가 나가는 화려하고 비싼 차였는데, 아주 부드럽게 나갔다. 여러 가지 플라스틱 부품으로 만들어진 오늘날의 차와는 다르게 크롬 도금을 한 무거운 금속 차였다. 어머니께서 돌아가신 이후에, 그 멋진 차는 녹이 슨 채 차고에 주차되었고 다시는 운행되지 못했다.

아버지는 어떤 종류의 기술자로 정부를 위해 일했다. 난 그가 폭탄물 발화 장치 전문가였다고 믿고 있다. 꽤 부유했지만, 돈을 낭비하지 않았다. 현실적이고, 검소하고, 결코 경솔하지 않았으며, 그의 삶에서 사치는 찾아볼 수 없었다. 주로 중고품 가게에서 옷을 샀고 항상 할인하는 곳을 돌아다니면서 물건을 샀다. 할인을 할 때 많은 양의 빵을 한꺼번에 사서 다음에 먹으려고 냉동실에 얼려 놓기도 했다.

한 번은 내가 학교에서 미식축구를 하다가 손가락이 부러진 적이 있었다. 심각한 복합 골절이어서 뼈가 피부 밖으로 튀어나왔다. 많이 다치고 적게 다치고를 떠나서 손가락 기브스를 하는 데 돈이 많이 들었기 때문에 그는 나를 탐탁지 않게 여겼다. 또 한 번은 매우 추운 날 장갑을 끼지 않은 채 평소에 하던 대로 0.8km 정도 떨어진 학교로 마르샤와 함께 걸어갔다가 손가락에 동상이 걸리게 되었다. 학교에서 아버지에게 전화를 걸었고, 우리는 집에 도착한 뒤에 심하게 꾸중을 들었다.

난 학교에서 처음에는 2학년에 배치되었는데, 영어를 하나도 못한다는 게 밝혀지고 나서 1학년으로 다시 보내졌다. 초등학교 선생님들은 매우 친절했고, 많은 도움을 주었다. 나는 여러 종류의 파닉스 수업을 했다. 알파벳 수업, 발음과 언어치료 수업, 그리고 쓰기 수업을 들었다. 나는 그 학교에서 이러한 도움이 필요한 유일한 학생이었고, 유일한 아시아계 학생이었다. 마르샤는 매일 아주 열심히 내 공부를 도와주었고, 절대로 나를 인종차별적인 이름들로 부르지 않았다. 우리는 많은 소중한 시간들을 함께 보냈다. 영어를 배우는 것이 가장 힘들었고 아직도 그로 인해 어려움을 겪고 있다.

3학년 때 담임선생님은 나를 집에 있는 것 같은 편안함을 느끼게 하려고 노력했었다. 그녀는 매우 사랑스럽고 생각이 깊은 사람이었다. 그녀의 아들 피터가 나와 같은 나이였다. 학교가 끝난 후 피터와 같이 그 집에 수없이 갔고 꽤 많은 시간을 함께 보냈다. 피터 엄마, 즉 담임 선생님은 나를 위해 다양한 중국 음식을 주문해 주었는데, 그녀는 이 음식들로 인해 내가 고향에 대한 향수를 조금이라도 덜 느낄 수 있기를 소망했다. 음식은 맛있었지만, 진짜 한국 음식을 먹어보지 못한 사람이 그 차이를 어떻게 알 수 있으랴!

엄마가 돌아가시고 얼마 지나, 아버지는 독일인 가정부 한 명을 데리고 왔다. 이르마는 매우 젊고 예뻤다. 그녀는 우리 가족의 일부가 되었고 아주 친숙해졌다. 시간이 지나면서, 우리는 가정부의 위치가 왕위를 찬탈한 사람의 자리로 발전하는 것을 보았다. 그녀는 집을 장악하고 우리들을 지배했다. 우리는 그녀의 작은 노예였다. 집안일은 우리가 거의 다 했다. 모든 가구들의 먼지를 털어내야 했고, 카펫을 청소해야 했다. 주말에 친구들이랑 약속을 만들 수도 없었다. 토요일에 우리가 청소를 하는 것은 이해할 만했다. 하루 종일 일한 것에 대한 대가나 보통 주말 내내 일한 것에 대한 대가로 용돈을 받았기 때문이다. 우리는 25센트의 급료를 받게 되어 있었지만, 때로는 그 흔적도 볼 수 없었다. 아버지와 이르마는 우리가 한 일을 점검해서 만약 그들이 원하는 만큼 청소가 되어 있지 않으면 우리는 그날 내내 집에 머물러야 했고 그 다음날 청소를 끝내야 했다. 따라서 대부분의 일요일에도 집에 갇혀 있었다.

이르마는 내가 미국에 온 이후로 처음으로 정말로 싫어했던 사람이었던 것 같다. 두 누나들도 나랑 똑같이 느끼고 있었다. 이르마는 우리를 완전히 통제했고, 대부분의 경우 아버지의 결정은 그녀의 의견에 기초한 것이었다. 그녀는 "내가 시키는 대로 하라"는 식의 태도를 지닌 독재자였다. 하라는 대로 하지 않으면 벌을 받았다. 이 모든 상황에서 가장 힘든 부분은 아버지가 우리가 벌 받는 것을 인정하거나 그냥 딴청을 부린다는 것이었다. 나는 아버지가 이르마와의 성적인 관계 때문에 그녀가 우리를 마음대로 하게 내버려 둔다고 믿었다. 그들이 전혀 알아차리지 못했지만 난 여러 번 그 상황을 목격하거나 소리를 들은 적이 있었다. 그녀가 월급도 아주 후하게 받았다고 믿는다.

그녀는 2년 정도 우드파일에 머물렀다. 떠날 때가 되었을 때, 그녀는 돈을 많이 모은 상태였다. 이르마와 우리 아이들 사이에 남은 애정은 하나도 없었다. 그녀가 집을 떠났을 때 우리가 말로 표현할 수 없을 정도로 행복했던 건 당연했다. 아르마가 떠나고 나니 긴장감도 줄어들었다. 우리는 친구들과 좀 더 많은 시간을 보낼 수 있었고, 아버지도 확실히 편안해졌다.

아버지는 야외활동을 매우 즐기는 사람이었다. 우리는 캠핑을 하고, 산에 오르거나 아니면 그냥 야외에서 자연을 즐기면서 많은 시간을 보냈다. 그는 산을 사랑했고 뉴잉글랜드 지역에 포함된 주들을 좋아했는데 펜실베니아와 뉴욕 북쪽 지역을 특히나 좋아했다. 그는 스노우스키, 워터스키, 그리고 등산을 무척 좋아했다. 우리는 허드슨 강에서 워터스키를 탔다. 육군사관학교 절벽 바로 아래에, 많은 배들이 정박해서 머무르고 있는 오래된 조선소가 있었다. 우리는 그 거대한 배들 주위를 이 배에서 저 배로 지그재그로 지나다니면서 워터스키를 탔다.

가을에는 버몬트, 메인, 뉴햄프셔까지 여행을 가곤 했다. 우리는 시골을 두루 다니면서 등산을 하고 야생 블루베리를 땄다. 색깔이 변한 가을 산은 신의 예술작품 그 자체였다. 차를 타고 가거나 등산을 하면서 무심결에 쳐다본 산의 풍경은 숨을 멎게 만들었다. 햇빛에 반사되어 반짝이는 밝은 무지개 색깔을 띤 산들의 모습은 그야말로 장관이었다. 밝은 오렌지색, 붉은색, 노란색 잎들은 볼 때마다 마술을 부리는 것 같았다. 우리는 각각의 산들이 지닌 놀랄 만한 아름다운 풍경들을 감상하면서 그 주들에 있는 여러 산들을 등산했다.

여름에 6주 동안 긴 캠핑여행을 떠난 적도 있었다. 대부분의 열렬한 캠핑족들이 꿈꾸는 그런 여행이었다. 차 뒤에 연결한 트레일러가 온갖 종류의 음식들로 가득 차서 요리기구들은 팝업텐트를 그 뒤에 붙여서 실었다. 우리는 뉴저지에서부터 다코다 지역으로 북서쪽을 향해 떠났다.

러시모어 산은 아주 멋졌다. 우리는 옐로우스톤과 그랜드 테톤 국립

공원에 갔다. 이 얼마나 그림 같은 풍경인가! 곰, 무스, 그리고 연어 낚시 등 옐로우스톤의 야생 생물은 엄청났다. 우리는 로키산맥 여기저기서 캠핑을 했고 캐나다 쪽 로키산맥에도 들어갔다. 캐나다 북서쪽에 있는 밴프와 자스퍼 국립공원까지 여행했다. 자연의 모든 것들이 하나님의 영감에 의한 창조물이었다. 웅장한 산들, 야생 순록, 절벽 위에 있는 산양들, 모든 것들이 위대했다. 한 숨씩 차갑고 신선한 공기를 들이마실 때마다 기운이 났다. 이 여행이 테일러 가족의 일원으로 함께한 나의 마지막 여행이었다.

아버지는 일 때문에 미국 전 지역에 있는 수많은 폭탄 제조 공장과 탄약 공장들을 돌아다녔다. 한번은 루이지아나주로 가게 되었는데, 그 지역의 한 택시 안에서 새로운 아내를 만나게 되었다. 이 결혼은 처음부터 완전한 실패작이었다. 우리 중 누구도 그녀와 좋은 관계를 갖지 못했다. 그녀의 두 딸과 아들은 그들의 아버지와 함께 루이지아나주에 살고 있었다. 결혼 후 그들은 아주 드물게 우리 집을 방문했다. 그 결혼은 오래 가지 않았지만, 이혼하는 데는 20년이 넘게 걸렸다. 꼴사나운 이혼이었다. 이혼이 진행되는 동안 아버지는 플로리다로 이사했고, 그녀는 뉴저지에 남아 있었다. 이혼 과정은 내가 아직 뉴저지에 살고 있는 동안 시작되었다.

한 번은 아버지가 사업차 텍사스로 가게 됐다. 부모님들이 다 그렇듯이, 그는 만나는 사람들과 자녀에 대해 이야기를 나누었다. 특별히 이번 여행에서 그는 입양된 한국 여자 아이에 대한 이야기를 듣게 되었다. 인구가 2,000명이 안 되는 작은 마을에서는 모든 사람들이 떠도는 소문이나 각 가정에서 일어나는 일을 모두 알고 있기 마련이다. 아버지는 이 여자 아이와 내가 같은 고아원 출신이고, 미국에 같은 날 오게 되었다는 사실을 알게 되었다. 텍사스와 뉴저지에 살고 있는 전혀 모르는 두 집 부모들이 어떤 이유에서든 만나게 되고, 그들이 입양한 자녀들이 같은 고아원 출신 이고, 같은 날에 미국으로 왔다는 걸 발견하게 될 확률이 얼마나 될까? 그 뿐만이 아니라 나중에 그들은 우리가 혈연관계라는 걸 알게 되었다. 우리 는 남매였던 것이다!

아버지는 출장에서 돌아와서 텍사스에서 만난 이 가족과 나와 같은 고 아원에서 같은 시기에 미국으로 건너온 한국 여자 아이에 대해서 우리에 게 이야기해 주었다. 그것은 우연이었을까? 아니면 운명이었을까? 미국 같이 큰 나라에서 한 대륙의 반이 되는 거리만큼 떨어진 서로 다른 두 가 정에 입양된 남매가 어찌어찌하여 다시 만나게 되는 경우의 수는 또 얼마 나 될 것인가?

1962년 여름에 우리는 케네디 가족을 만나러 텍사스로 갔다. 새로운 가 족이 시애틀에서 누나를 데리고 간 1958년 크리스마스 이후로 우리는 처 음 만나는 것이었다. 나는 누나를 알아보았고 그녀의 한국 이름도 기억하 고 있었다. 이길순은 이제 글렌다 케네디로 알려져 있었다.

아버지는 우드파일에서 일어나는 일들을 처리하는 데 힘겨워하고 있 었다. 아들 두 명은 그를 원망하고 있었고, 아내는 죽었고, 이모와 어머니 도 돌아가셨다. 아들 크레그에 대한 양육권은 남동생 존에게 넘겨주었다. 그는 아내의 병과 죽음의 책임을 아들 달라스에게 돌렸다. 그는 달라스가 어디에서 살고 있는지조차 알지 못하고 있었다. 가정부는 떠나버렸다. 두 번째 결혼은 재앙이었다. 아직 3명의 어린 아이들이 있었는데, 그중의 하 나는 지적장애가 있었고 또 하나는 영어를 거의 할 수 없었다.

아버지는 출장을 자주 다녔다. 그가 출장을 간 동안 우리는 우리끼리 지냈다. 아버지는 집을 청소하는 것, 물을 아끼는 것, 심지어는 화장실 휴지를 얼마나 써야 하는지에 대해서 항상 우리를 교육시키고 메모를 남겼다. 그는 텔레비전을 보는 것은 나쁜 것이라고 생각했고, 우리에게 제한시간을 정해 주곤 했다. 출장을 떠날 때는 TV를 못 보게 하려고 진공관 하나를 빼 놓았다. 마르샤와 나는 그 관을 찾기 위해 지하저장고를 다 뒤져서 몰래 프로그램 몇 개를 본 적도 있었다. 물론 아버지가 집에 돌아오기 전에 그 관을 다시 빼서 찾은 장소에 되돌려 놓았었다.

궁극적으로 세 명의 아이를 돌보고, 우드파일과 개인적인 악재들을 관리하는 것은 그가 감당할 수 있는 범위 밖에 있었다. 지금 나는 모든 수단을 동원하여 아버지에 대해 변명하고 있다. 부족하고 힘들어도 그는 여전히 부모로서의 책임감을 갖고 있었다.

1963년 여름에 나는 고속버스에 태워졌다. 길을 잃어버릴 경우에 대비해서 이름과 목적지를 적은 목걸이를 목에 걸었다. 나는 텍사스에 있는 누나를 방문하러 가는 것이라고 생각했다. 그때는 내가 지구 반대쪽 미지의 세계로 역사적인 비행을 하여 낯선 문화와 낯선 사람들, 그리고 새로운 가족으로 인해 어려움을 겪은 지 채 5년이 안 된 시점이었다. 나는 겨우 새로운 언어를 좀 할 수 있게 되었고 새로운 친구들을 사귀고 새로운 환경에서 막 마음 둘 곳을 찾은 상태였다. 새로운 이름에 익숙해지기 시작했고 편견을 이해하고 참을 수 있게 되었다.

안타깝게도 그 힘들었던 과거의 경험들이 모두 다시 반복되려 하고 있었다.

3장
텍사스

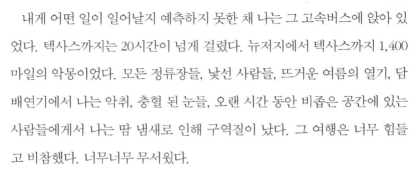

내게 어떤 일이 일어날지 예측하지 못한 채 나는 그 고속버스에 앉아 있었다. 텍사스까지는 20시간이 넘게 걸렸다. 뉴저지에서 텍사스까지 1,400마일의 악몽이었다. 모든 정류장들, 낯선 사람들, 뜨거운 여름의 열기, 담배연기에서 나는 악취, 충혈 된 눈들, 오랜 시간 동안 비좁은 공간에 있는 사람들에게서 나는 땀 냄새로 인해 구역질이 났다. 그 여행은 너무 힘들고 비참했다. 너무너무 무서웠다.

다시 말하지만 그 여행은 길고도 낯설었다. 나를 쳐다보는 낯선 사람들의 시선 때문에 얼굴을 가리고 의자 밑으로 기어들어가고 싶었다. 나는 아직 어리고 철이 없었고, 여전히 영어를 이해하려고 애쓰고 있었다. 나는 버스에서 유일한 유색인종이었고, 유일한 동양인이었다. 비행기를 타고 가는 것이 훨씬 더 쉬웠을 텐데…….

나는 1963년 6월에 글렌다 누나를 방문하러 텍사스로 왔다. 여름 동안만 텍사스에 있을 것이라고 생각했는데 케네디 가족이 입양을 위해서 변호사를 만나고 나서는, 이것이 단순한 방문이 아니란 것을 깨달았다.

나는 학교에 등록을 하게 되고 변호사를 만났다. 어떻게 할 수가 없었다. '왜 나를 다른 가족에게로 보내는 걸까? 난 텍사스에 잠깐 온 줄 알았는데!' 난 이제 막 새로운 내 이름, 가족, 친구들 그리고 뉴저지 환경에 익숙해지고 있었다. 새로운 지역 사회를 인정하고 받아들였으며 나의 안식처를 찾았다. '지금 그들은 내가 모든 것을 다시 시작하기를 원하는가?' 아무도 내가 어떻게 느끼고 있는지 묻지 않았다. 그들이 나에 관한 모든 결정을 내렸다. 시키는 대로 하는 것 외에 한 어린이가 할 수 있는 것이 무엇일까? 어린아이는 권리가 없다. '숨이 턱턱 막히는 이 느낌은 사라지지 않을 것이다. 그 느낌이 다시 일어나고 있다!'

케네디 가족은 직접 낳은 아이가 없었다. 그들은 우리 또래의 아이들을 키우고 있는 부모들보다 나이가 많았다. 글렌 케네디 씨는 에디스 케네디 씨보다 20살이 더 많았다. 그들은 1,500스퀘어 피트 정도 되는 아담한 단층짜리 집에 살고 있었다. 케네디 부부는 군용차와 탱크, 그리고 다른 군 장비들을 만들고 정비하는 정부 시설에서 일하고 있었다.

텍사스 동쪽의 작은 마을에서 성장하는 것은 뉴저지에서보다 훨씬 느린 속도로 진행되었다. 재미있는 일이 많이 없었고 학교 행사나 교회 활동 외에는 청소년이 갈 만한 곳도 없었다. 마을 사람 모두가 서로 대충 성이 뭔지 정도만 알고 있는 것이 아니라 개개인의 이름을 다 알고 있을 정도로 가까웠다. 누가 누구랑 데이트를 하는지 그들이 주말에 어디에 차를 주차하는지 모두 알고 있었다. 여기 사람들은 자녀들을 홀로 남겨 두고 어디로 떠나도 안전하게 느껴지는 그런 부류의 사람들이었다. 여기서 나고 자란 사람들, 특히 부모들은 이곳이 아이들을 키우면서 살기에 가장 좋은 장소라고 말할 것이다. 확실히 이 지역 사회에 있는 사람들은 대부분 나를 상냥하게 대해 줬다.

훅스 학군에 있는 동안, 나는 얌전하게 굴었다. 내가 받을 수 있는 최선의 성적을 유지했다. 난 몇 개의 A, 몇 개의 B, 몇 개의 C를 받는 평균 정도 되는 학생이었다. 문제를 일으킨 적은 없었지만, 정말로 열심히 공부한 적도 없었다. 영어는 여전히 가장 어려운 과목이었다. 나는 스포츠에서 두각을 나타냈다. 친구들도 많이 만들었다. 누구도 싫어하지 않았으며 대부분의 아이들과 잘 어울렸다. 나는 단 두 명의 한국 학생 중 하나였는데 다른 한 명은 누나였다. 마을에 있는 대부분의 사람들이 우리를 알고 있었다.

고등학교 11학년 때 나는 가장 인기 있는 학생으로 선출되었고, 그 다음 해에는 졸업반 대표로 선출되었다. 이 자리를 얻기 위해 나는 어떤 유세도 하지 않았으며 어떤 무리나 도당의 일원이 되지도 않았다. 학교에는 함께 어울려 다니면서 매우 친하게 지내는 몇몇 그룹의 학생들이 있었다. 이 그룹의 학생들은 서로를 지지해 줬다. 나는 그런 친밀한 관계를 형성하지는 않았지만, 그들 모두가 나의 친구였다. 나는 어떤 정치적인 자리를 열망한 적이 없었고, 정치인도 아니었다.

반장이 되는 데는 어떤 경험이나 기술이 필요 없었지만, 학생들이 많이 모인 자리에서 이야기하거나 연설을 하는 것을 매우 쉽게 생각할 필요는 분명히 있었다. 확실히 나는 이런 자질을 가진 사람은 아니었다. 대부분의 학생들은 내게 유능한 학반 대표가 될 수 있는 통솔력이 없다는 것을 알고 있었다고 생각되지만, 어쨌든 그들은 감사하게도 나를 뽑아 주었다. 다른 어떤 것보다도 인기투표의 성질이 강했다. 학반 대표를 하면서 좋은 기억들을 많이 갖게 되었다. 급우들에게 감사하고 그들이 나를 믿어준 것에 대해 감사했으며, 아직도 몇몇의 오랜 친구들과 연락을 주고받고 있다.

난 항상 부끄럼이 많고 소심해서 대중들 앞에서 이야기하는 것이 어려웠다. 정체성으로 인한 심리적 문제를 안고 있다고 스스로 생각했다. 사람들이 많이 모인 곳에서는 어디서든지 이러한 불안정한 증상을 보이는 것 같았다. '왜 사람들이 모두 나를 쳐다보고 있지? 내가 미국 사람들이랑 그렇게 다른가?' 나는 다른 사람이랑 눈을 맞추지 못했다. 불편했다.

유일하게 나 자신에 대해 자신감을 갖고 확신에 차 있는 때는 운동을 할 때였다. 관중들이 얼마나 있는지는 문제가 되지 않았다. 상대팀의 큰 덩치도 전혀 문제되지 않았다. 소심하지도 않았고 긴장되지도 않았다. 완전히 운동에만 집중했고 나를 주시하고 있는 청중들의 숫자에 신경 쓰지 않았다. 나 스스로 운동장이나 코트에 있는 어느 누구도 이길 수 있고 능가할 수 있다는 것을 알고 있었다. 자신감이 있었고 집중했다. 사람들이 모두 나를 넋 놓고 쳐다볼 수 있었지만, 상관하지 않았다. 나는 미식축구, 야구, 농구 그리고 달리기를 했다. 할 수 있는 한 열심히 운동을 했고 모든 스포츠를 사랑했다. 항상 110%를 쏟아 부었다. 덩치 때문에 스포츠를 즐길 수 있는 시기가 고등학교 때뿐이라는 것을 알 정도의 기본 상식은 나에게도 있었다.

텍사스의 작은 마을 훅스에서 보낸 청소년기에도 난관은 있었다. 뉴저지에 있을 때처럼, 때때로 듣기 싫은 비하하는 말들을 서로 속삭이거나 방 저쪽에서 들릴 수 있을 정도로 크게 말하는 것을 들었다. 나는 누구도 신체적으로 피해를 입지 않도록 충돌을 피했다. 비열한 말을 하는 사람들을 손봐주고 싶었지만 꾹 참았다. 언어폭력은 그냥 무시하면 된다고 생각했고, 늘 그렇게 했다. 나를 곤경에 빠뜨리지 않도록 스스로를 단련했다. 육체적인 충돌에서는 부상이나 상처가 생기기 마련이다. 찢어진 상처나

멍들은 치료될 수 있고, 몸에 드러난 상처를 보고 그것으로 인해 벌을 줄 수 있다. 그러나 내면을 건드리는 말의 형태로 주어지는 증오의 감정은 평생 지울 수 없는 상처를 남길 수 있다. 난 항상 그러한 말들을 웃어넘기려 했지만 내 마음속 깊은 곳에서는 고통과 분노를 느꼈다.

새로운 부모님과 누나랑 사는 것은 견딜 만했지만, 힘든 경우들도 많았다. 나는 케네디 부부와 마음을 터놓고 대화를 한 적이 없었다. 개인적인 문제로 그들과 얘기하는 것이 편하지 않았다. 항상 어떤 문제든지 나 혼자 떠안고 살았다.

나는 문제를 일으킬 만큼 한가하지 않았다. 학교에서 스포츠 활동으로 바쁘지 않을 때는 돈을 벌기 위해 이런 저런 아르바이트를 했다. 나는 13살 때부터 일하기 시작했고, 잔디 깎는 일 같은 단순한 일부터 시작했다. 그 당시에 나는 대부분의 남자 아이들보다 키가 크고 힘이 셌다. 내가 뉴저지에 있을 때 테일러 씨는 정기적으로 우리 키를 쟀다. 어느 여름에 나는 비정상적일 정도로 많이 컸다. 5인치(12.7cm) 이상 커서 키를 잰 테일러 씨도 믿기 어려워했었지만, 내 성장 호르몬은 빨리 성장을 시작했던 것처럼 빨리 멈췄다. 나는 대부분의 소년들보다 훨씬 컸고, 규모가 작은 리그에서 야구 경기를 할 때는 사람들이 내 나이를 믿지 않았다. 다른 팀 코치들과 부모님들은 내가 훨씬 나이가 많을 거라고 생각해서 내 출생증명서를 보고 싶어 하기도 했다.

나는 농장에서 잡초 뽑는 일을 했고, 공공기업에서 나뭇가지 자르는 일을 했다. 주말에는 건초를 날랐다. 건초 나르는 일은 힘들고, 지저분하고, 먼지도 많이 나고, 육체적으로 매우 고된 일이었다. 게다가 헛간에서 말벌을 퇴치하고 방울뱀이나 물뱀을 밟지 않도록 주의해야 했다. 건초 한

머나먼 여정

더미당 1센트를 받았다. 해가 뜰 때부터 해가 질 때까지 하루 종일 500에서 600더미 정도의 건초를 운반했다. 건초더미들은 마른 것이냐 아니면 갓 베어 낸 것이냐에 따라서 500~800파운드(227~363kg) 정도의 무게가 나갔다.

내가 한 최고의 일은 풀 서비스 주유소 일이었다. 거기서는 방과 후와 주말에 일했다. 젊은 세대들은 아마도 본 적이 없을 것 같은 풀 서비스 주유소에서는 오일, 트랜스미션 액, 배터리, 라디에이터, 브레이크액, 타이어 공기압을 체크하고, 자동차 앞 유리를 닦아 주는 등의 일들을 주유하는 동안 해 준다. 오늘날 우리는 모두 직접 주유를 한다. 대부분의 사람들은 오일 레벨, 트랜스 미션액, 라디에이터, 브레이크액을 거의 점검하지 않는다. 단지 어떻게 주유하는지만 알고 있을 뿐이다. 그 주유소에서는 오일 교환을 하면 대부분 공짜로 세차를 해 주었다.

난 한 시간에 1.25달러를 받았다. 이 돈으로 휘발유 값을 대고 다른 용돈을 충당할 수 있었고, 내 첫 번째 차인 1957년산 쉐보레를 구입할 수 있었다. 10대 청소년이 자기 소유의 차를 가지는 것은 정말 신나는 일이었다.

글렌다랑 지내는 데는 특별할 것이 없었다. 우리는 잘 어울렸고 그녀는 결코 날 힘들게 하지 않았다. 진짜로 어떤 충돌도 한 기억이 없다. 그녀는 자신의 일로 바빴고, 나는 내 일로 바빴다. 글렌다는 학교 행사에 많이 참여했다. 학교 밴드에 속해 있었고, 플루트를 배워서 꽤 잘 연주할 수 있었다. 그녀는 피아노 개인 레슨도 받아서 교회에서 연주할 정도의 수준이 되었다. 가끔씩 우리는 몇 마디 말을 주고받았지만, 중요한 이야기들은 아니었다. 때때로 약간 질투가 날 때도 있었으리라. 케네디 가족은 그녀가 필요로 하는 것이나 원하는 것들에는 상당히 많은 지원을 해 주었지만, 그녀는 우리 누나고 여자이기 때문에 그러한 것들에 대해서 크게 신경 쓰지는 않았다. 남자는 자기가 원하는 것을 얻기 위해서 일해야 한다는 것을 알고 있었다.

7년 동안 존 케네디로 자라면서 난 최선을 다했고, 어떤 식으로도 그 가족을 당혹스럽게 만들지 않았다. 절대로 반항하거나 무례하게 행동하지 않았다. 거할 처소를 제공해 준 것에 감사했고 어머니가 제공해 준 맛있는 식사에 감사했다. 어머니는 훌륭한 요리사여서 매일매일 언제나 맛있고 영양적으로 균형 잡힌 식사를 준비하는 것 같았다. 누나는 그녀를 많이 도와줬고 그 과정에서 요리하는 법을 배웠다. 지금도 글렌다는 요리를 잘한다. 그녀 집에 방문하면, 나를 위해 항상 손수 만든 음식을 준비해 준다.

케네디 부부는 외관상으로 미소와 웃음을 간직하고 있었지만 뒤로는 부부싸움을 자주했다. 이것은 수많은 부부들이 거쳐 가는 결혼의 한 과정이었을 것이다. 그들은 보통 서로를 향해 욕을 하면서 소리를 질렀고 그 소리가 벽에 부딪쳐 메아리 쳤다. 싸움이 일어나면 누나와 나는 각자의 방으로 들어갔는데 가끔씩 글렌다가 우는 소리가 들리기도 했다.

드디어 모든 십대들이 학수고대하는 고등학교 졸업식 날이 되었다. 내 주위를 엉켜서 휘감고 있던 무거운 체인이 마침내 부서져 버린 것 같았다. 너무 신이 났다. 지난 시절 내내 감고 있던 붕대가 한꺼번에 풀린 것처럼 느껴졌다. 마음이 너무 편안해졌다.

나는 금요일에 졸업 무대를 걸어서 통과했고, 그 주 일요일에 짐을 싸서 뒤도 돌아보지 않고 그 집을 떠났다. 고등학교 마지막 학년 내내 졸업하자마자 집을 떠나려고 생각하고 있었다. 살든지 죽든지 나 혼자 헤쳐 나가야 했다. 나를 짓누르던 것들이 사라졌다는 안도감을 느낌과 동시에 마음속 깊은 곳에 긴장감도 자리하고 있었다.

나는 대학 비용을 벌기 위해 여름 동안에 할 일을 찾았다. 대학에 가려면 돈이 필요하다는 말을 들었다. 집에서 떠난 첫 여름에는 포트워스에 있는 친한 친구 집에 머물렀다. 에이미는 나랑 같은 고아원에 있었던 걸 계기로 알게 되었다. 그녀가 아름다운 목소리의 소유자였던 걸로 기억한다. 그녀는 고아원에서 항상 독창 부분을 불렀다. 내가 기억하기로는 에이미가 '아이들의 정원'에서 가장 먼저 입양된 아이였다.

에이미의 아버지는 정부 설비 회사에서 일하고 있었다. 레드 리버 알스날(훅스 소재)에 출장을 왔을 때, 그는 한국 아이를 입양한 케네디 가족을 알게 되었다. 이것은 내가 이 가족의 일원이 되기 전의 일이었다. 에이미의 양부모는 에이미가 입양되기 전에 고아원을 방문했을 때 뵌 적이 있었다.

난 텍사스 에이앤앰(A&M)에 원서를 냈는데 불합격했다. 텍사스 주립대 알링턴 캠퍼스에 합격했을 때, 여름 동안 임시로 그 집에 머물 수 있을지 알아보려고 에이미와 그 가족에게 전화를 한 후 방문했다. 그들은 주저 없이 우리의 요청을 받아들였다. 다니와 에이미 벌크는 다른 사람을 잘 도와주는 매우 관대한 사람들이었고 두 명의 자녀가 있었다. 에이미 집에 머무르는 동안 돈을 좀 모을 수 있었다. 가을 학기가 되었을 때, 나는 에이미 집을 떠나서 학교 기숙사로 거처를 옮겼다. 케네디 가족이 첫 번째 학기 기숙사비를 대 주었는데, 그것이 내가 경제적으로 그들에게 도움을 받은 유일한 경우였다. 학교에 다니는 동안 나는 계속해서 일을 했다.

기숙사에서는 한 학기만 살았다. 그 이후에는 학교로 걸어서 통학이 가능한 거리에 위치한 아파트로 옮겼다. 아파트를 같이 사용할 사람을 찾고 있었는데, 내 룸메이트 부루스가 나의 가장 가까운 친구가 되었다. 정확하게 말하면, 그가 나를 찾아냈다. 그는 서비스 단체인 APO(Alpha Phi Omega)라는 동아리의 신입 회원을 모집하고 있었다. 신입 훈련 과정을 하면서 우리는 좋은 친구가 되었고 함께 살기로 결정했다.

그 후 2년 동안, 우리는 아주 좋은 아파트를 임대했다. 학교 근처에 있는 조디악 아파트 단지 중 한 곳에 살았다. 가구가 딸린 아파트였는데 공과금 포함하여 한 달에 140달러를 지불했다. 나는 일하면서 학교에 다녔다. 부루스는 공부에만 집중할 수 있는 축복을 받았다. 일할 필요가 없었다. 부루스는 내가 의지할 수 있으며 믿을 수 있는 사람이었고, 난 그의 성품에 감탄했다. 그는 정직했고, 지도력이 있었고, 솔직했으며, 아주 지적이었다. 오늘날, 그는 중국어를 포함하여 여러 나라 말을 할 수 있다. 후에 그는 내 아들의 대부가 되었고 나는 그의 우정에 감사했다.

대학 시절 가장 좋았던 기억 중의 하나는 APO 봉사 동아리 활동을 한 것이었다. 신입 회원들을 동아리에 소개하면서 그들에게 했던 여러 신고식 중에 한 가지가 매우 재미있었다. 기존 회원들이 늦은 밤에 신입 회원들(플레지)을 그들의 집에서 픽업해서 차에 태우고 마을 주변을 돌았다. 우리는 그들의 눈에 안대를 씌우고 액티브 회원의 아파트 중 하나로 데려 갔다. 그러고 나서 그들에게 질문을 했다. 우리가 물었던 질문들 중에 몇 가지는 그리스어 알파벳을 외우거나 다른 신입 회원들의 이름을 모두 외우게 하는 것이었다. 만약 다 말하지 못하면, 똑바로 말할 때까지 처음부터 다시 말하게 했다. 보통 6명 이상의 액티브 회원들(기존 회원들)이 거기에 있었다.

질문을 한 뒤에 눈을 가린 신입 회원을 화장실로 데리고 갔다. 우리는 "당신의 형제들을 사랑하십니까?"라고 묻곤 했고, 그들은 "네"라고 항상 대답하곤 했다.

우리는 그들이 어디에 있는지 알려 주기 위해 변기 물을 내렸다. 그러고 나서 신입 회원에게 손을 변기에 넣고 물을 휘저으라고 말했다.

"프레지, 당신은 우리를 신뢰합니까?"라고 액티브 회원들이 물으면 신입 회원은 주저하면서 변기에 손을 넣고 뭔가가 만져질 때까지 물을 휘저었다. 그들의 순간적인 반응은 너무 웃겼다. 여전히 눈을 가린 상태에서 그들의 얼굴에 나타난 표정들, 그들의 몸짓, 그리고 가지가지의 역겨운 신음소리와 탄성은 돈으로는 살 수 없는 구경거리였다. 모두들 웃음을 참으려고 노력하면서 둘러서 있었다. 액티브 회원 중 한 명이 천천히 바나나를 잘라서 변기 안으로 떨어뜨렸다. 신입 회원이 손을 움직여 그 바나나 조각을 만질 때, 한 명이 오줌을 누는 것처럼 변기 안으로 물을 따랐다.

이 모든 과정 동안, 액티브 회원들은 계속해서 프레지에게 "당신의 형제들을 신뢰합니까?"라는 질문을 했다. 우리는 신입 회원에게 그 '물체'를 잡고 손으로 쥐어짜라고 말하곤 했다. 그 지점에 다다르면, 우리는 더 이상 웃음을 참을 수가 없었고, 모두들 우스꽝스러운 광경에 맘껏 웃으면서 신입 회원의 안대를 벗겼다. 그러고선 모두들 크게 웃고 둘러앉아서 맥주를 마시면서 즐거운 시간을 보냈다. 부루스가 서로 어색한 사람들을 좀 더 가까워지게 하고 동지애를 키우기 위해 이 우스꽝스럽고 재미있는 생각을 해낸 것 같다. 그것은 모두 신뢰와 관련된 것이었다.

대학 시절은 나에게 정신적으로 매우 힘든 시기였다. 내가 계획했던 삶이 무너지고 전혀 다른 방향으로 이끌려 가고 있는 것처럼 보였다. 나는 무엇을 하면서 삶을 살아야 할지 찾으려고 발버둥 쳤다. 건축에서 기술, 수학, 예비 치의학으로 전공을 여러 번 바꾸었다.

나는 고등학교 시절에 설계 수업을 들은 적이 있었다. 2년 동안 이른 아침 수업에 열심히 참석했다. 설계를 꽤 잘하고 좋아한다고 생각했지만, 대학 수업에는 집중을 할 수가 없었다. 풀타임으로 일하면서 풀타임으로 공부하는 것은 나에게 너무 힘들었던 것 같다.

1972년 8월에 나는 긴 휴가가 필요하다는 결정을 했다. 일하면서 공부를 계속할 수가 없었다. 두 가지를 동시에 하면서 스트레스를 너무 많이 받았다. 내 친구들을 포함해서 많은 학생들이 일할 필요 없이 공부에만 전념하는 것을 보았다. 그들에게 인생은 너무나 쉬워 보였다. 왜 나는 그렇게 할 수 없을까? 부유한 가족의 축복이 나에게는 주어지지 않았던 것이었다. 가족들에게 버림받은 느낌도 여러 번 경험했다. 나는 혼자였다. 삶에서의 중요한 결정을 나 혼자 해야 했다.

2년 반 동안 일하면서 학교에 다니고 난 후에, 나는 4년 동안 미 공군에 헌신했다. 8월에 일정 기간이 지난 뒤에 군에 입대할 수 있도록 해 주는 지연 군 입대에 사인을 했다. 군 입대에 대해 난 오랫동안 생각했다. 쉬운 결정은 아니었다. 말 그대로 피곤하고 지쳤고 삶의 방향을 바꿀 필요가 있었다.

가을 학기를 마친 후, 나는 현역 군인이 되었다. 1972년 크리스마스에 달라스 블랙스톤 호텔에서 혼자 밤을 보낸 기억이 난다. 얼마나 외로웠던가! 그 다음날 나는 기초 훈련을 받기 위해 샌안토니오에 있는 락랜드 공군 기지로 보내졌다. 공군에 입대한 사람들은 지원병이든 임명된 관리이든 상관없이 모두 여기서 기초 훈련을 받아야 했다.

내 인생을 바꾼 미국 여행은 크리스마스에 일어났고, 또 하나의 내 삶의 무대이자 인생 여정의 새로운 전환점도 크리스마스에 일어났다. 운명, 확률, 우연의 일치, 부르고 싶은 대로 불러도 좋다. 지금까지 내 인생에 일어난 큰일들에는 분명 비슷한 점들이 있었다. 내가 아직 발견해야 할 더 큰 일들에 대한 전주곡 같이.

어떤 사람은 우리 인생이 이미 예정되어 있다고 한다. 만약 이것이 진실이라면 우리가 결정하는 일들이 중요할까? 대학에 진학을 할 건지, 군에 입대할 건지, 결혼을 할 건지, 어떤 일을 하고 얼마나 많은 돈을 벌지 고민하는 것들이 중요할까? 어떤 사람도 확신할 수 없을 테지만, 세상에는 말로 설명할 수 없는 많은 사건들이 일어나고 있고, 그 원인에 대한 합리적인 설명을 할 수도 없는 경우들이 존재한다. 언제나 우리 주변에서 작동하고 있으면서 우리의 삶을 돕고 있는 것 같은 아주 강력한 힘이 있다. 삶을 선택해야 하는 순간에, 이 힘이 나에게 실지로 존재하여 나를 돕기를 희망했다.

4장
공군

　공군으로 복무하면서 현실적인 삶의 경험들을 할 수 있었다. 군대는 내가 정신적 육체적으로 강해질 수 있도록 훨씬 더 많은 훈련을 시켰다. 명령을 따르고 아주 심한 수준의 비판을 참아낼 수 있도록 훈련했다.

　6주의 기초 훈련 과정을 감당하는 것은 대부분의 군인들에게 충격적인 경험이었다. 이 훈련이 그들을 영원히 바꾸어 놓았다. 어떤 이들은 부모님과 처음으로 떨어져 지내게 되었다. 대다수에게 육체적인 기초 훈련은 거의 참기 힘든 수준이었다. 우리의 몸 상태가 최상이 아니었다면 그들이 최상의 상태로 만들어 주었다. 개인적으로 육체적인 훈련은 꽤 참을 만했다.

　반면에 정신적인 기초 훈련은 아쉬운 점이 많았고 더 힘들었다. 지도 교관들은 군인들이 육체적으로나 정신적으로 "기대에 부응하기"를 원했다. 많은 군인들이 정신적인 훈련을 극복할 수 없었다. 우리 부대에는 자살을 하려고 했던 군인들과 무단이탈한 이들도 있었다. 몽유병자도 있었고 단순히 계속되는 육체 활동을 거부한 군인들도 있었다. 이들의 대부분은 신체검사 후에 제대 조치되었다.

　머나먼 여정

지도교관들은 매일 해가 뜨기 전 새벽 4시나 그보다 더 일찍 우리를 깨웠다. 우리는 그들이 반복적으로 말한 대로 동전이 튕길 수 있을 정도로 주름하나 없이 완벽하게 침대를 정리했다. 그들은 군인들이 속옷을 넣어두는 서랍장을 점검해서 접힌 각이 정확하게 6인치가 되는지 확인했고, 신발의 위치가 침대와 나란히 놓여 있는지 그리고 창문 청소부들이 부러워서 울고 갈 정도로 신발이 반짝반짝 빛나는지 확인했다. 그들은 접혀진 속옷을 재기 위해 자를 가지고 돌아다녔다. 이 작업은 몇 시간씩 걸릴 때도 있었다.

모든 것이 완벽하게 잘 접혀져 있는 경우에도 단순히 훈련병을 괴롭히기 위해 서랍장을 뒤집어서 양말, 속옷 등 안에 있는 모든 것이 쏟아지게 만들기도 했다. 그들은 한 사람을 골라서 차렷 자세를 취하게 하고, 코가 닿을 정도로 얼굴을 가까이 대고서 소리를 지르면서 그 군인에게 욕을 할 뿐만 아니라 그의 부모님, 형제자매들에 대해서도 모욕적인 말을 쏟아 놓기 시작했다. 이는 단지 그 군인이 화를 참지 못하고 폭발하는지 보고자 함이었다. 그 말들은 매우 상처가 되고, 경멸적이며, 얕잡아 보는 듯한 욕설이었다.

줄을 서서 밥을 먹는 데 15분이 주어졌다. 만약 누군가가 어떤 빌미(그들이 이등병이 자기를 쳐다보는 시선을 좋아하지 않는다든가)를 주면 전체 비행 중대가 몇 마일을 더 뛴다거나 몇 시간 동안 밖에 서 있는 벌을 받았다. 다른 사건들도 많았다. 심리를 자극하는 이 모든 게임들로 인해 사람들은 만신창이가 되었다. 내 생각에는 이러한 것들은 전쟁 포로로 잡힐 경우를 대비하여 교관들이 군인들을 훈련시키는 과정이었던 것 같다.

기초 훈련을 마친 후에, 나는 일리노이주에 있는 샘페인에 배치를 받았다. 여기는 군인들이 특별한 현장 업무를 수행할 수 있도록 준비시키는 기술 학교였다. 이 학교에서 내 특수 분야와 관련하여 일반 비행기의 모든 외부와 내부 파트에 대해 배웠다. 비행기 기술 매뉴얼과 비행기 정비에 관한 백과사전 읽는 법도 배웠다. 모든 비행기는 그 자신만의 정비책자가 있었다. 내 직함은 '환경 전문가'였다. 이것은 기술적으로 말하자면 내가 비행 생명 유지 장치, 조종실의 기압 유지, 액체 산소, 그리고 비행기가 급상승하도록 돕는 날개의 기류 등의 분야에서 특수화되었다는 것을 의미했다. 조종실에 있는 액체 산소는 조종사들이 숨을 쉴 수 있도록 기체 산소로 전환되었다. 이러한 교육들은 직접 부품들을 만지는 활동과 비행기 시뮬레이션 등의 실질적인 체험과 병행되었다. 이 기술 훈련을 받는 데 12주가 걸렸다.

기술학교를 마치고 나는 고향으로 보내졌다. 1958년 12월 25일, 영어 단어 하나 모른 채 남한을 떠나 미국에 온 지 거의 15년 만이었다. 미국 정부에 의해 내가 태어난 나라로 다시 보내진 것이다. 모국어를 전혀 할 수 없는 상태로 내가 태어난 나라로 돌아가게 되었다.

1973년 6월에 첫 부대 배치를 받아 남한의 군산 공군기지로 왔다. 한반도의 서쪽에 위치하고 있으며 황해 바로 옆에 있었던 이 부대는 남한군의 모태이기도 했다. 그 당시 미군 조종사들은 F-4 전투기를 조종했다. 우리는 그 비행기를 24시간 쉬지 않고 정비했다. 갑작스런 출격에도 임무를 수행할 준비가 되어 있었다. 남한 군인들은 F-86전투기를 조종했는데 좀 더 오래되기는 했어도 아주 쓸 만한 비행기였다. 이 비행기는 제2차 세계대전에 사용되었던 것이었다.

한국에서 근무하는 동안 다른 활동들을 할 수 있는 충분한 시간적 여유가 있었다. 나는 대부분 도시로 모험을 떠났다. 이 도시에서는 입고 있는 옷이 다른 것 빼고는 지역 주민들과 잘 섞일 수 있었다. 내 걸음걸이나 머리 스타일이 다른 한국 사람들과 좀 달랐을 수도 있었겠지만 그다지 눈에 띌 정도는 아니었다. 단지 한국어를 전혀 하지 못한다는 차이가 있었다.

어느 날, 번화한 시가지를 걷고 있는데 한국 경찰이 나를 불러 세웠다. 그 경찰관은 이해할 수 없는 말들을 하면서 나를 곤욕스럽게 만들었다. 마지막에, 그는 내 재킷을 가리키면서 무슨 말을 했다. 그 재킷은 미군 외투였다. 그는 내가 암시장에서 일하는 걸로 생각한 것 같았다. 그 당시에는 암시장이 성행했고 많은 한국인들이 이러한 불법적인 거래를 통해 많은 돈을 벌고 있었다. 물론 나는 내 재킷을 가리켰다는 것 빼고는 그가 말한 것을 하나도 이해하지 못했다. 지나가던 다른 미군이 나를 알아봤고, 나를 구하러 왔다.

그 경찰관은 내게 군인 증명서를 꺼낼 기회도 주지 않았을 뿐만 아니라 보여 달라고 요청하지도 않았다. 그렇게 요청했어도 그가 무슨 말을 하는지 전혀 이해하지 못했을 테지만. 내가 마침내 군인 증명 카드를 보여 주자, 그는 나를 빤히 쳐다봤다. 어떻게 이 한국 남자가 미군이 될 수 있었을까? 어떻게 한국 사람이 한국말을 못 할 수 있었을까? 시내를 걸어 다니면 많은 사람들이 더러는 매우 의심스러운 눈초리로, 더러는 그냥 호기심 어린 눈으로 나를 쳐다봤다.

내가 착수했던 일 중에 하나는 내가 자란 고아원을 찾는 것이었다. 15년이란 세월이 흘렀다. 내가 직면한 가장 큰 문제는 언어의 장벽이었다. 미국에서 언어로 인해 어려움을 겪었고, 여기 내 고국에서 똑같은 문제를 겪고 있다는 건 거의 코미디에 가까웠다. 통역해 줄 사람을 찾는 것도 쉽지 않았다. 고아원이 있던 도시와 그 고아원의 이름은 알고 있었다. 또한 그것이 오산 공군기지와 가깝다는 것도 알고 있었다.

그러나 몇 번 시도한 후에 포기했다. 내가 그 고아원을 찾는다 해도 그것을 통해 무엇을 얻을 수 있을까? 나는 한국말조차 하지 못했고, 돈도 없었으며 단지 미천한 공군 상병일 뿐이었다. 무엇보다도 통역사를 찾기가 너무 어려웠다. 그래서 그 일이 불가능하다는 사실에 스스로 위안을 삼으며 태권도를 배우는 데 온 힘을 쏟았다. 매일 3시간씩 연습해서 내가 한국을 떠나게 되었을 때는 1단을 땄다.

미군들이 가질 수 있는 특권 중에 하나는 집에 잡일을 하는 일꾼을 둘 수 있는 것이었다. 막사 하나에 2명에서 4명까지 일꾼들을 주었다. 그들은 걸레질과 화장실 청소부터 시작하여 침대를 정리하고 구두를 닦는 것까지 모든 일을 해 주었다. 또한 우리 유니폼을 빨아서 풀을 먹여 빳빳하게 만들어 주었다. 잡역꾼들은 아주 훌륭했다. 확실히 그들이 우리를 응석받이로 만들어 버렸다. 물론, 미군들 모두 잡역꾼들에게 급여를 지급했다. 미국 정부는 우리 월급에서 10달러에서 20달러 정도를 떼어서 그들에게 지급했다. 두말할 필요 없이 본전은 충분히 뽑고도 남았다.

나의 첫 외지 근무가 순식간에 끝났고, 다른 부대로 배치 받아 떠날 때가 되었다. 여러 활동들에 집중하고 있을 때는 일 년이 순식간에 가 버리게 마련이다. 나의 다음 근무지는 아이다호에 있는 마운튼 홈 공군기지였다. 그곳은 미군의 공군 전략 사령부이자 날개가 각 지게 꺾인 전투기인 F-111의 생산지이기도 했다. 이 기지는 코요테와 다른 야생 동물들을 발견할 수 있는 오지에 있었다. 산토끼들이 회전초가 자라고 먼지와 바람만 있는 사막을 돌아다니고 있었다. 정신병자들만 보내질 것 같은 아무것도 없는 너무나도 단조로운 평원이었다. 할 것이 거의 없었다. 매우 창의적으로 할 일들을 찾아야 했고, 등산, 낚시 등 어떤 종류의 야외 활동에 참여하거나 군 기지에서 제공하는 이벤트 등에 참석해야만 했다. 그렇지 않으면 이곳은 매우 우울하고 지겨운 곳이 될 수 있었다.

결혼을 하지 않은 사람이면 어느 부서에 배치 받았든 간에 미치지 않기 위해서 계속해서 뭐라도 해야만 했다. 난 항상 무언가 하면서 분주하게 지내는데 전혀 문제가 없었다. 몇몇 대학 과정을 듣는 것 외에, 낚시를 하면서 많은 시간을 보냈다. 우리는 낚시 전문가들이 부러워할 만한 송어를 잡았다. 스네이크 강과 그 강 주변에서, 내추럴 탱크 주변에서 낚시를 했다. 내추럴 탱크는 강을 따라서 혹은 강 주변에서 우리가 발견한 연못이었다. 그 탱크는 봄에 얼음이 녹으면서 자연스럽게 만들어진 차가운 물로 가득 채워져 있었다. 거기서 우리는 알을 낳기 위해 산 쪽으로 올라오는 연어와 내르카 연어들을 잡았다. 고리가 3개인 훅을 사용해서 잡을 정도로 물고기가 많았다. 수많은 물고기들로 인해 그 강은 문자 그대로 순전한 암적색으로 변했다. 겨울에는 보이스와 선 밸리까지 스키를 타러 갔다. 나는 부대에서 군인들과 그 가족들에게 가라데를 가르치기도 했다. 전에 배치되었던 부대에서 했던 것처럼 여기서도 좋은 추억거리들을 만들었다.

또 1년이 지나가고, 이번에는 오키나와에 있는 카데나 공군 부대로 배치되었다. 1975년 12월, 나는 한 번 더 낯선 곳으로 가기 위해 비행기를 탔다. 내가 공군에 지원한 이유 중의 하나는 할 수 있는 만큼 많이 여행하기 위해서였다. 미국 정부가 정확히 의도하는 바가 여행을 하고 싶어 하는 나의 바람을 이루는 것인 양 느껴졌다.

오키나와는 1972년에 일본에게 넘겨진 작은 섬이었다. 제2차 세계대전 중에는 이 섬이 전략적으로 매우 중요했다. 가장 치열했던 몇몇의 전투들이 여기서 일어났다. 수많은 일본 비행기들이 여기서 날아올랐다. 가미가제라고 불리는 이 일본 자살 특공대원들은 일본 전쟁 전략의 중요한 부분이었다. 오키나와에서 근무하는 동안 전쟁 중에 떨어진 폭탄들이 발견되는 경우가 많았는데 한 번도 터지지는 않았다.

오키나와는 매우 아름다운 섬이었다. 섬 한쪽 끝에서 저쪽 끝까지 차를 타고 가면서 흥미를 끌 만한 모든 곳을 다 살펴보아도 해가 지기 전에 돌아올 수 있었다. 내 룸메이트와 나는 차를 사서 해변에서 많은 시간을 보냈다. 우리는 그곳에 있는 모든 산호초 주위를 돌면서 스노클링을 했다. 수많은 곳에서 스노클링을 해 보았지만, 오키나와 산호초들처럼 경이롭고, 화려하며, 특이한 물고기와 산호들이 어우러진 곳은 본 적이 없다.

플로리다에서 온 군인 한 명은 매일 해변에서 다양한 색깔, 크기, 모양을 가진 조개껍데기들을 찾았다. 이 조개껍데기 중에 대부분은 아직 살아 있었다. 그는 살아 있는 조개들을 깨끗하게 만들려고 전자레인지에 집어넣어서 입이 벌어지게 했다. 일부는 그냥 얼려서 나중에 껍데기를 벗겼다. 그의 아내는 본국에서 조개껍데기로 이색적인 물건을 만들어서 파는 가게를 운영하고 있었다. 전 세계에서 유일하게 여기서만 발견되는 조개들도 상당수 있었다. 그는 매주 아내에게 조개껍데기를 담은 박스들을 보냈다.

오키나와에 도착하자마자, 군인들은 그 섬의 위험성과 섬에서 할 수 있는 것과 할 수 없는 것들에 대한 교육을 받았다. 생소한 생물들이 산호초에 많이 살았다. 아주 날카롭고 치명적인 독성을 가지고 있어 위험하다고 알려진 산호들도 있었다. 나와 내 친구는 언제나 같이 수영을 하곤 했는데 물속에 있을 때는 항상 경계를 늦추지 않았다. 스노클링을 하는 것 외에 우리는 해변에서 무술을 연마하면서 많은 시간을 보냈다.

또 다른 위험은 지역 주민들을 상대하는 것이었다. 미군들은 오키나와 법을 따라야 했다. 대부분의 여자들은 비단으로 만들어진 전통복인 기모노를 입고 있었다. 운전을 하다가 여자들에게 물이 튀어서 기모노를 더럽히게 되면, 새로 사주어야 한다는 경고를 받았다. 이 기모노는 수천 불의 값어치가 나갈 수도 있었다.

이 작은 섬은 모든 것들이 배로 배달되어 들어오기 때문에 생활비가 아주 많이 드는 곳이었다. 그 당시에 휘발유 가격은 1갤런(3.7리터)에 3달러가 넘었는데 미국에서는 59센트였었다.

오키나와에서 근무하면서 나는 많은 시간을 오키나와 무술을 배우면서 보냈다. 일이 끝난 후 매일 밤, 가라데를 연습하기 위해 훈련장에 갔었는데, 어떤 때는 밤 10시를 훨씬 넘겨서까지 연습을 했다. 주말에는 검은 띠를 가진 사람들만 연습하곤 했는데 전통적인 무예뿐만 아니라 다양한 무기류와 손기술들을 연습했다. 우리는 회전봉, 낫, 검도 막대 등 사무라이들이 쓰던 무기들을 가지고 연습을 했다. 이러한 무기들을 이용한 움직임들은 무용수들이 하는 것처럼 아름다운 흐름을 갖고 있었다.

우리는 복잡한 '카타' 기술들도 연습했는데 본격적인 훈련, 즉 머리까지 포함한 몸 전체를 사용하여 빠르고 복합적으로 방어하고 공격하는 기술을 익히기 전에 배우는 기본 몸동작 기술들이었다. 초보자들을 위한 기본적인 기술들과 높은 수준의 검은 띠들을 위한 정교한 움직임들도 있었다. 이러한 움직임들은 매우 우아하면서도 힘이 있었고, 빠르게 움직이는 발레리나들과 힘 있는 복서들이 떠오르게 했다. 무예를 익히기 위해 투자한 수많은 시간과 노력들을 보상받은 결정적인 순간은 오키나와 TV로부터 성대한 결혼식에서 공연을 해 달라고 요청 받았을 때였다. 영향력 있는 사람들의 결혼식인 것이 분명했다. 공연은 흥미진진했다. 오키나와를 떠날 때, 난 2등급 검은 띠를 땄다.

　오키나와에서 근무하고 있던 1976년 여름에 나는 친구 벤, 마이크와 함께 한국으로 휴가를 떠났다. 우리는 군용 비행기를 타고 한국의 남쪽에 있는 군부대로 가서 거기서 기차를 타고 서울로 갔다. 기차에 타고 있는 동안 어떤 한국 남자가 우리 쪽을 힐끔힐끔 쳐다보았다. 우리는 그와 대화를 이어가려고 노력했다. 그는 완전 엉터리 영어를 했지만, 스페인어는 유창했다. 벤은 아버지가 파나마시에서 근무할 때 거기서 태어나서 스페인어를 할 수 있었다. 서울로 가는 기차 안에서 한국 사람이 스페인어로 말하는 것을 들으니 흥미로웠다. 벤도 그와 이야기하는 것을 재미있어 하는 것 같았다.

　여행 중에 일어난 또 하나의 놀라운 일은 내가 1973년에 한국에서 근무할 때 만났던 여자를 우연히 만난 것이었다. 그 여자분에게 내가 있었던 고아원 찾는 일을 도와달라고 부탁했다. 우리는 내 기억에 고아원이 있었다고 생각되는 도시로 가서 지역 주민들에게 정확한 위치를 물었다. 결국 마지막에 택시기사가 고아원으로 가는 길을 찾을 수 있었다. 하지만 모든 것들이 변해 있었다. 고아원은 더 이상 존재하지 않았다. 철조망 울타리도 없었다. 논이나 과수원, 참외 밭도 볼 수 없었다.

　1956년에 고아들을 위해 세워졌던 건물은 여전히 있었다. 하지만 그곳은 장애인들을 돕기 위한 시설로 사용되고 있다고 들었다. 거기서 살았던 아이들은 이제 모두 장성한 어른이 되어 한국의 여기저기 다른 곳으로 흩어졌다. 내가 알고 있는 사람들을 아무도 보지 못했다는 사실이 좀 슬프기도 했지만 거기에 그들이 없다는 사실이 기쁘기도 했다. 난 그들이 보람 있는 삶을 살고 있기를 희망했다. 내가 알고 있는 고아들이 모두 자라서 더 이상 정신적이거나 육체적인 훈련을 받을 필요가 없다는 사실이 기뻤다.

5장
전환점

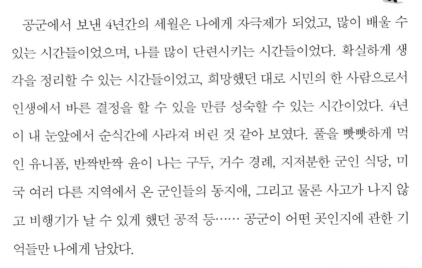

   공군에서 보낸 4년간의 세월은 나에게 자극제가 되었고, 많이 배울 수 있는 시간들이었으며, 나를 많이 단련시키는 시간들이었다. 확실하게 생각을 정리할 수 있는 시간들이었고, 희망했던 대로 시민의 한 사람으로서 인생에서 바른 결정을 할 수 있을 만큼 성숙할 수 있는 시간이었다. 4년이 내 눈앞에서 순식간에 사라져 버린 것 같아 보였다. 풀을 빳빳하게 먹인 유니폼, 반짝반짝 윤이 나는 구두, 거수 경례, 지저분한 군인 식당, 미국 여러 다른 지역에서 온 군인들의 동지애, 그리고 물론 사고가 나지 않고 비행기가 날 수 있게 했던 공적 등…… 공군이 어떤 곳인지에 관한 기억들만 나에게 남았다.

   1976년 12월 15일, 나는 민간인으로 돌아가라는 전역 통지를 받았고 학교를 졸업하기 위해서 텍사스로 돌아왔다.

   나는 인생의 새로운 장을 열고 있었다. 내가 선택하는 직업 노선과 결정이 앞으로의 내 인생에 영향을 줄 것이란 사실을 알고 있었다. 그 시점에서 내 계획은 공부를 마치고 직업을 갖는 것이었다. 내 운명은 내가 개척해 나가야 한다는 걸 분명히 인식하고 있었다. 앞으로 아내가 될 사람을 만나게 된 것도 이 시기였다.

당장 텍사스 주립대 알링턴 분교(UTA)에 등록을 했다. UTA에 다니면서 몇 가지 아르바이트를 했고, 학비를 벌기 위해 군 대학교 지원 프로그램(GI Bill)에 지원했다. 일하면서 학교를 다녔지만, 전에 느꼈던 경제적인 부담은 느끼지 않았다. 드디어 1977년 9월에 제너럴 모터스에 채용되었다. 공장에서 2부 교대조로 일하면서 낮에는 풀타임으로 학교를 다녔다.

그 당시 내 룸메이트들은 파티를 아주 좋아했다. 일을 마치고 집에 돌아올 때마다 그들은 항상 아파트에서 어떤 모임을 갖고 있었다. 20명에서 30명 혹은 그보다 더 많은 사람들이 파티를 열고 있는 걸 보는 건 흔한 일이었다. 시끄러운 음악, 흘러넘치는 술과 흥겨운 춤이 우리 아파트를 점령하고 있었다. 로버트 마르티네즈, 오토, 그리고 스피디는 파티라면 사족을 못 쓰는 사람들이었다. 그들의 이름은 낯설게 들릴지라도 오토와 스피디는 파티 현장에서는 전혀 어색하지 않았다. 모든 '아가씨'들에게도 그들은 낯선 사람들이 아니었다. 이 세 명의 멕시코인들이 '파티 애니멀'이란 표현을 지어냈다는 생각이 든다.

나는 주로 일하고 집에 늦게 돌아오기 때문에 거기에 있는 사람들에게 크게 관심을 가지지 않았다. 곧장 내 방으로 들어가서 잤다. 아침 일찍 수업을 들어야 해서 쉬어야 했다. 제너럴 모터스는 물건을 생산해 내느라 정말로 바삐 움직였고 나는 야근을 많이 했다. 일주일에 50시간 넘게 일했다. 새벽 1시나 2시까지 집에 들어오지 못하는 날이 많았다.

어느 날, 룸메이트 중 하나가 나를 만나고 싶어 한다는 여자의 이름을 알려 주었다. 그 친구가 몇 차례 강권한 후에 마침내 나는 그 젊은 여자에게 전화를 걸 용기를 얻었다.

이 여자는 내가 데이트를 위해 집으로 데리러 가는 것을 원하지 않았다. 알마 알리샤 로드리게즈는 멕시코 가족 출신이었다. 그녀는 형제들 중에 첫째 딸이었고 4명의 남동생이 있었다. 그녀의 부모님은 아직도 오래된 전통을 지키고 있는 옛날 멕시코 지역 출신이었다. 그들이 지키고 있는 전통 중의 하나는 데이트 예식이었다. 이 전통에 따르면 알마가 데이트를 하러 갈 때 남동생 중의 한 명이 보호자로 따라다녀야 했다. 우리는 미국에서 살고 있다. 미국 사람들이 데이트할 때 보호자를 동반하는가? 물론 그렇지 않다. 알마는 우리가 충분히 나이가 들었고 누구의 경호를 받을 필요가 없다는 사실에 동의했다. 결과적으로 그녀는 다른 장소에서 나를 만나거나 일이 끝난 후에 우리 아파트로 오곤 했다.

알마의 부모님은 1970년에 포트워스에 왔다. 포트워스에 정착하기 전에 그들은 철새 농민이었다. 그들은 콜로라도, 아이다호 등 일을 찾을 수 있는 곳이라면 미국 어디라도 다녔다. 1970년 매년 하던 대로 다른 주로 일을 찾아 여행을 떠나려고 할 때 알마는 부모님을 따라가지 않겠다고 말했다. 그녀는 이러한 생활 방식과 늘 옮겨 다녀야 하는 삶이 지긋지긋했다. 이를 계기로 그들은 포트워스에 뿌리를 내리고 다시는 떠나지 않았다. 알마가 처음 포트워스에 왔을 때는 영어를 전혀 못했다고 한다. 지금 그녀는 말을 너무 많이 한다!

알마를 만났을 때 나는 제너럴 모터스에서 일하고 있었다. 풀타임으로 일하면서 풀타임 학생으로 살아가고 있었다. 싱글로 생활할 때는 학교 근처 아파트에 사는 것을 선호했는데 알마와 데이트를 시작하고 우리 관계가 좀 더 심각해진 이후에는 아파트 생활이 더 이상 나에게 맞지 않았다. 공간이 좀 더 필요했고 평화와 고요함이 필요했다. 사생활이 필요했던 것이다. 나는 가족을 갖고 싶었다. 그래서 결혼하기 전에 우리의 미래를 준비하려고 집을 샀다.

우리는 1978년에 결혼했다. 소박하면서 멋진 결혼식을 올렸다. 나를 처음으로 입양했던 아버지 달라스가 그의 남동생 존 에이치 테일러 대령과 결혼식에 왔다. 내가 더 이상 테일러 가족의 일원이 아닐지라도 난 여전히 그를 엉클 잭이라고 부른다. 고등학교 때부터 친한 친구인 다이엔 미첼이 주례를 섰다. UTA의 예전 룸메이트 데이비드 부루스 존스가 신랑 들러리가 되었다. 포트워스에 처음 왔을 때 에이미의 가족과 함께 지냈었는데 그녀가 결혼식에서 노래를 불러줬다.

나의 예비 신부가 결혼식에 늦어서 모두들 조금 걱정스러워 보였는데 특히 그녀의 가족들이 더 그랬다. 모두들 초조하게 그녀를 기다리고 있었다. 모두를 불확실한 상황 속으로 몰아넣은 후 50분 정도 지나서 마침내 그녀가 나타났다. 30번 고속도로에서 차 연료가 바닥이 났다고 했다. 너무 늦어서 걱정했었는데 내가 거기에 그대로 있는 것을 보고 그녀는 기뻐했다.

다른 모든 결혼생활처럼 우리에게도 좋은 날과 나쁜 날들이 있었다. 힘겨웠던 순간들이 우리의 추한 모습을 수면 위로 떠오르게 했지만 동시에 우리가 더 가까워질 수 있는 계기가 되기도 했다. 나는 다른 쪽에 있는 잔디는 더 푸를 거라고 믿지 않았다. 그러한 신념을 가지고 노력했다. 아마도 사람들은 나이가 들게 되면 좀 더 여유로워지고, 배우자를 좀 더 있는 그대로 받아들이게 되며, 그와 함께 나쁜 습관과 버릇도 배우게 되는 것 같다. 내 삶의 일부분이 되어 온 것에 대해서 그녀가 행복해한다고 생각한다. 나는 그녀의 결점을 이해하고 있고, 그녀도 나의 결점을 이해하기를 바랐다. 알마는 고집이 매우 센 사람이고 나는 결점이 많은 사람이어서 침착하게 상황을 조정하는 것이 어렵다. 그러나 나이가 들면서 그러한 것들이 쉬워지고 있다.

결혼을 한 후 처음 2년 동안은 내게 매우 힘든 시기였다. 제너럴 모터스에서 많은 시간 동안 일하고 풀타임 학생으로 수업을 들으면서 힘든 고비들이 있었다. 머리 군데군데에서 머리카락이 빠지고 있었는데, 어떤 건강상의 문제가 있는지 알 수가 없었다. 결국 피부과 의사에게 진찰을 받게되었다.

맨 처음에 그가 나에게 질문한 것은 "스트레스 받고 있어요?"였다. 마치 그가 내 맘을 읽고 있는 것 같았다. "스트레스를 받으면 어떤 사람은 심장 마비를 일으키고, 어떤 사람은 궤양을 일으키고, 당신 같은 사람들은 머리 카락이 빠지게 됩니다."

졸업식에서 경영학 학사 학위를 받기 위해 단상 위에 올라갔을 때 내 스트레스의 대부분이 사라져 버린 것 같았다. 대학 졸업장을 받아야 한다는 사실을 의심해 본 적이 없었다. 반드시 성취해야 할 것이었다. 알마는 매우 행복해했고, 나 또한 너무나 기뻤다.

첫 번째 집에서 1년 반 정도 살았을 때, 알마가 임신을 했다. 아기가 태어나기 전에 더 큰 집이 필요할 것 같아서 좀 더 넓은 집을 샀다. 우리 두 아이 모두 거기서 태어나서 중학교까지 다녔다. 두 번째 집에서 17년을 산 뒤에 학군 때문에 한 번 더 변화를 줄 필요가 있었다. 아이들이 다니게 될 고등학교가 별로 탐탁지 않게 느껴졌다. 그 학교에는 사건 사고가 많아서 아이 교육에 적합한 학교가 아니라는 생각이 들었다.

1995년부터 우리는 맨스필드로 옮겨서 살았고, 두 아이 모두 여기서 졸업을 했다. 사업도 여기로 옮겨서 했다. 그때는 맨스필드가 작은 도시였는데, 지금은 도시 인구가 58,000명 이상까지 증가했다. 우리가 바른 결정을 했다고 생각된다.

제너럴 모터스에서 5년 동안 일하고 나니, 다른 분야에서 경력을 쌓고 좀 더 도전적인 일을 해 볼 필요도 있다는 생각이 들었다. 제너럴 모터스는 나와 내 가족에게 좋은 회사였다. 안정적이고 월급도 나쁘지 않았지만, 나는 다른 뭔가가 필요했다. 제너럴 모터스에서 일하면서 동시에 계속해서 다른 직업을 찾고 있던 중 "자신의 보험회사를 가진 사장이 되어서 무제한으로 벌고자 하는, 스스로 동기가 부여된 사람을 찾습니다."란 스타텔레콤의 광고를 발견했다. 정상적인 사람이라면 그 광고대로 하고 싶지 않은 사람이 있겠는가?

무엇에 홀렸는지 모르겠지만 난 그 회사로 연락을 했다. 내가 물건을 파는 사람이 아니란 걸 기억하라. 나는 연설하는 것을 좋아하지 않으며, 내성적인 성격을 가진 부끄러움이 많은 사람이다. 그런 내가 도대체 어떻게 사람들을 내 보험 상품에 가입하도록 설득시킬 수 있을 것인가? 그러나 원래의 내성적인 성격은 사업가로서의 기회 앞에서 완전히 사라졌다. 제한 없는 수입과 사장이 될 수 있다는 사실이 아마도 나를 그렇게 만들었던 것 같다.

보험설계사로서의 처음 5년 동안은 정말로 힘들었다. 보수도 좋고, 직원들에게 가장 좋은 복지 혜택을 주며 회사원 누구나 받을 수 있는 은퇴 프로그램을 가지고 있는 제너럴 모터스를 떠난 것이 바른 결정이었던가에 대한 의문을 가지게 되었다. 자영업자인 나는 혜택도 없고, 은퇴도 없었으며, 커미션마저 물고 있었다. 보험을 팔지 못하면 수입이 없었다. 주택 대출 자금과 필요한 생활비를 대기 위해 은행으로부터 몇 번이나 많은 돈을 빌리기도 했다. 감사하게도 알마도 일을 해서 많은 도움을 주었다.

보험설계사로 새로운 사업을 시작하고 처음 2년 동안 나는 죽을 정도로 아팠다. 그때는 1984년 12월 중순이었다. 늦은 오후에 우리는 가구들을 새 사무실로 옮기느라고 바빴다. 하루 종일 몸이 좋지 않았고, 날씨는 매우 춥고 습했다. 그날 밤 알마가 나를 병원 응급실에 데려갈 정도로 심하게 아팠다. 응급실에서 오래 기다리게 되면 사람이 미치게 된다. 병균을 가지고 숨을 쉬거나 기침을 하고 있는 모든 환자들은 건강한 사람도 아프게 만들 수 있다. 마침내 내 차례가 되었을 때 나는 가슴이 아프다면서 신음소리를 냈다. 나는 열이 나면서 땀을 흘리고 있었고 하루 종일 몸살을 앓고 있었다. 간호사들과 의사들은 일반적인 검사를 실시했다. 거의 3시간 동안 응급실에 있는 다음 약을 받아서 집으로 왔다.

다음 날인 일요일엔 더 아팠다. 그날 늦은 오후에 알마가 나를 다시 응급실로 데리고 갔다. 그들은 이번에는 엑스레이를 찍고 더 많은 약을 주었다. 응급실 의사는 내게 아침에 일어나자마자 바로 가족 주치의를 찾아가라고 말했다. 그 무렵에 난 거의 죽음이 가까이 온 것처럼 느꼈다. 너무 힘들었다. 계속해서 몸살 기운, 고열, 몸이 떨리고, 땀이 나는 똑같은 증상을 보였으며 시간이 지날수록 더 심해졌다.

그 다음날 주치의를 만난 지 10분 만에 나는 큰 병원으로 보내졌고 즉시 입원했다. 할 수 있는 검사는 다 받았다. 너무 많은 주삿바늘과 튜브들이 팔에 꽂혀 있어서, 마치 기찻길들이 서로 뒤엉켜 있는 것처럼 보였다. 그들은 더 많은 엑스레이를 찍고 난 후 내 가슴에서 매우 큰 종양을 발견했다. 의사는 종양이 골프공만 해서 제거해야 한다고 말했다. 나는 2주 동안 병원에 있으면서 혈관을 바로 타고 들어가는 몇 가지 다른 종류의 항생제와 정맥 주사를 맞았다.

심장 전문의는 종양을 제거하는 수술을 해야 한다고 말하면서 이 수술의 기본적인 절차를 설명했다. 문제를 일으키는 종양에 접근하기 위해서는 가슴을 열고 갈비뼈를 잘라야 한다고 말했다. 수술하기 며칠 전에 그 의사는 또 다른 검사를 실시했다. 국소 마취를 한 후에 내 목 안을 거쳐 카메라를 내려 보냈다. 정신을 잃지 않았기 때문에 관이 내 목 아래로 밀려 내려가는 것이 느껴졌다. 처지를 하는 동안 그가 보조원들에게 하는 이야기도 들을 수 있었다. 나는 숨을 쉴 수가 없다고 그에게 말하고 싶었다. '내 목에서 그것 좀 빼내 주세요! 누가 날 좀 도와주세요!' 숨이 막히고 있었다. 그가 나를 죽일 거라는 생각이 들었다.

수술하기 바로 전날, 많은 생각들이 스쳐 지나갔다. 두려웠고, 나보다는 아이들과 알마가 더 걱정이 되었다. 나는 조용히 가족을 위해 기도했다. 하나님께 나를 치료해 주고 이 수술을 잘 견뎌 낼 수 있도록 도와달라고 간구했다. 하나님께 내가 여기서 살아남으면 더 신실한 기독교인이 되고, 교회에도 나가겠다고 말했다. 결혼 초반에 우리는 교회에 정기적으로 나가지 않았다. 웃기게도 사람들은 자기가 필요할 때 종교에 귀의하게 된다. 아내에게는 이것에 대해 절대로 얘기하지 않았다.

수술 당일 의사들은 모든 수술에는 위험이 따른다고 말했다. 그들은 어떤 부주의에 대한 책임으로부터도 빠져나올 수 있는 양식들에 우리가 서명하게 만들었다. 난 만일을 대비해서 알마에게 마지막으로 하고 싶은 말을 했다.

수술하기 전에 의사가 엑스레이를 한 번 더 찍어 보자고 했다. 엑스레이를 확인한 의사는 어떻게, 왜 그렇게 되었는지 설명할 수는 없지만 내 허파에 있던 난종이 사라졌다고 말했다. 내 침묵의 기도가 응답되었던 것이다! 또 다른 기적이 내 삶에 뛰어들어서 난 수술을 피할 수 있었다.

며칠 더 관찰한 후에, 나는 집에서 크리스마스를 보내도 될 정도로 회복되었다는 것을 그들에게 확신시킬 수 있었다. 결국 그들은 간호사가 하루에 두 번 주사를 놓기 위해 방문한다는 조건하에 퇴원조치를 했다. 간호사들의 방문은 일주일 동안 계속되었다. 하늘에서 나를 내려다보고 있는 수호천사가 있는 게 분명했다.

결혼 초창기에 우리는 시간이 날 때면, 텍사스 동쪽에 살고 있는 가족들을 방문했다. 우리가 마지막으로 방문했을 때는 1985년 중반쯤 되었고, 케네디 씨가 아플 때였다. 케네디 씨가 전립선암으로 병원에 계셨기 때문에 케네디 여사를 도와 집안일이나 다른 여러 가지 일을 할 수 있도록 알마를 일주일 먼저 그 집에 데려다주었다. 우리 아이들은 알마의 어머니에게 맡겼다. 내가 텍사스 동부로 다시 가서 케네디 씨를 보고 알마를 집으로 데려오는 그 주말에는 낮 시간의 대부분을 케네디 씨 부부와 함께 병원에서 보냈다. 병원을 나와서는 케네디 씨의 남동생 랄프를 방문하고, 그날 오후에 다시 케네디 씨 집으로 돌아왔다.

그날 밤 11시 30분쯤에 알마와 내가 소파에 앉아서 텔레비전을 보고 있는데 케네디 부인이 거실에 들어오더니 자기 집에서 나가라고 고함을 질렀다. 우리는 너무 놀랐다. 알마와 나는 서로 쳐다만 보고 있었다. 케네디 여사는 "우리 집에서 나가! 나가란 말야!"라고 계속해서 소리를 질렀다.

짐을 챙기면서 내 온몸은 분노와 절망으로 경직되었다. '또다시 되풀이되는구나. 나는 쫓겨나고 있어.'란 생각이 들었다. 자정이 다 된 시간이었고, 비가 억수 같이 내리고 있었다. 그 집을 떠나면서 난 케네디 여사에게 한 마디도 하지 않았다. 그렇게 하는 것이 아무런 의미가 없다는 것을 알 았다. 운전을 하면서 내 눈은 눈물로 가득 찼다. 3시간 거리를 운전해 집 으로 오면서 많은 생각들이 뇌리를 스쳤다. '이제 내 가족, 나의 두 아이들 과 아내에게만 집중해야 한다. 이들이 내가 유일하게 아는 가족이다.' 집 으로 돌아오는 차 안에서 알마는 "난 당신 어머니 집에 다시는 가지 않을 거야."라고 말했다. 그녀는 그 말을 지켰지만 케네디 씨의 장례식에는 참 석했다.

수년이 지난 뒤에 글렌다를 방문했더니 같이 어머니를 보러 가자고 말 했다. 주저하긴 했지만 잠깐 같이 방문하는 데는 동의했다. 글렌다는 계 속해서 나에게 케네디 여사의 상태를 알려 주고 있었다. 이틀에 한 번씩 케네디 여사를 방문해서 목욕, 요리, 식사, 지저분한 청소를 어떻게 도와 주고 있는지 등에 관한 것들을 눈물을 흘리면서 계속해서 이야기하곤 했 다. 그녀는 흙 묻은 시트를 바꾸고, 케네디 여사가 너무 오랫동안 조리대 에 내버려 두었거나 냉장고에 넣어 두어서 상한 음식들을 버려야만 했다. 화장실의 역겨운 오물들을 청소해야 했던 이야기도 했다. 케네디 부인의 현재의 상황에 대한 이야기를 들으면서 나는 글렌다의 절망을 느낄 수 있 었다. 그녀가 스트레스를 많이 받고 있으며, 혐오감과 어찌할 수 없는 무 기력감을 느끼고 있다는 것을 분명하게 알 수 있었다.

그 집에 도착하니 예전 기억들이 떠오르면서 '상황이 어떻게 달라질 수 있었을까?' 같은 여러 가지 생각들이 가지에 가지를 치기 시작했다. 케네 디 여사는 나를 보더니 아무런 일도 없었던 것처럼 활짝 웃었다. 그녀는 나를 처다보면서, "난 당신을 아는 것 같아요."라고 말했다. 그러나 그녀는 내 이름을 기억하지 못했다. 진짜로 나를 알아보지 못했다. 치매에 걸려 있었던 것이었다. 얼마나 슬픈 일인가? 그녀가 살아온 모든 나날들이 쓰레기처럼 보였다.

25년 이상이 흐른 뒤 그 방문 다음이자 마지막으로 내 아내가 우리 어머니를 본 것은 2011년 1월 14일 그녀의 장례식에서였다. 케네디 부부는 우리 아이들이 자라는 것을 전혀 보지 못했다. 우리를 갈라놓은 그 돌발 상황이 일어나게 된 원인도 결국은 찾지 못했다.

6장
고아원 동창회

　새디라는 전혀 모르는 여성분에게 편지를 받은 때는 1999년이었다. 그 편지는 솔트레이크시티에 있는 고아원 친구들 중 한 명의 집에서 가진 동창회에 대해 자세히 설명하고 있었다. 1997년 5월에 개최된 이 동창회가 아이들의 정원 고아원의 첫 번째 동창회였다. 샘에게 연락을 취하고 이 첫 번째 모임을 성사시키는 데 주도적인 역할을 한 인물이 새디었다. 그녀의 편지에는 고아원 친구들이 어떻게 지내는지 설명되어 있었다. 그녀의 계획은 2년이나 3년에 한 번씩 동창회를 가지는 것이었다.

　첫 번째 동창회를 주최했던 고아는 고아원에서 화상을 입었던 소년이었다. 아무것도 없는 상태에서 사업을 시작하여 백만장자가 된 조이는 몇 명의 한국 고아들을 도와주고 있었다. 나는 조이의 성공 스토리를 콜로라도 보울더에 있는 존 테일러 대령의 집을 방문했을 때 들었다. 조이와 그의 가족은 세탁사업을 시작했다. 세탁소는 건물 앞쪽에 있었고 가족들은 뒤쪽에 살았다. 그가 얼마나 오래 이 사업을 했는지는 모르지만, 분명히 매우 검소했을 테고, 거기다가 사업 선택도 잘 했었다. 정통한 사업가로서 조이는 오래된 호텔을 샀다. 이것이 밑바탕이 되어 다른 호텔들도 살 수 있었다. 그는 그 지역에 스키리조트뿐만 아니라 수많은 호텔을 가지고 있다고 들었다. 내가 조이에 대해 마지막으로 들은 이야기는 그가 콘도를 짓고 있다는 것이었다.

새디는 편지에서 1999년 한국에서 열릴 동창회에 대해서도 언급하고 있었다. 한국에 살고 있는 몇몇 고아들의 이름과 주소, 전화번호도 적혀 있었다. 그녀는 벌써 2003년 메릴랜드에서의 동창회까지 계획하고 있었다. 그녀는 동창회 참석 인원 파악을 위해 참석여부를 묻고 있었는데 참석이 어려운 사람들에게는 재정적인 지원을 요청했다. 우리는 거기에 참석할 수 없어서 할 수 있는 만큼 재정적 지원을 했다. 새디는 2005년에 한국에서 동창회가 있을 거라는 언지도 주었다. 너무 기대가 되었다. 알마와 나는 진지하게 이 동창회 참석을 고려하고 있었다. 마침내 2005년 동창회가 확정되었다. 그러나 그 당시 북한의 정치적 게임으로 한국 상황이 좀 불안한 상태여서 동창회를 미루자는 의견이 제시되었다.

2007년, 새디는 다시 2008년 한국에서의 동창회를 계획했다. 어떤 이유에서인지는 모르지만 이 동창회에 참석하는 것이 우리에게 좋을 것 같다는 생각이 들었다. 나는 새디와 그녀의 남편 존이 이 모임을 준비하기 위해 수많은 시간을 쏟아 부었다는 것을 알고 있었다. 새디가 몇 살에 한국에서 미국으로 오게 되었는지 모르지만, 한국말을 유창하게 잘했다. 미국사람과 결혼했고 미국에 오랫동안 살고 있었는데 한국에도 가족이 있어서 그들과 꾸준히 연락하고 있었다.

난 같은 고아원에 있었으나 개인적으로는 잘 알지 못했던 고아들과의 역사적인 만남을 위해 아시아나 항공에 몸을 실었다. 미공군으로서 고국을 마지막으로 방문한 지 32년 만에, 고아원 친구들을 떠난 지는 50년만이었다.

떠나기 전에 우리는 자녀들과 소중한 시간을 함께 보냈다. 둘 다 가까이 살아서 외식을 몇 번 함께 했다. 딸 디안드라는 3살 된 예쁜 딸 테일러를 가진 가정주부였다. 아들 브루스는 미혼이었고 재난 보험 손해 사정인으로 일하고 있었다. 자기 집을 갖고 있었고 매우 독립적이었다. 그에 대해선 걱정할 필요가 전혀 없었다.

내가 마지막으로 한국을 방문한 때는 1976년이었고 오키나와에 배치되어 있으면서 휴가를 받아 여행을 가서였다. 그 당시 한국은 여전히 개발 도상국가였다. 발전이 많이 이루어지지 않았고, 일본의 기술을 따라잡으려고 발버둥치고 있는 상태였다. 나는 자른 지푸라기와 진흙을 섞어 만든 벽과 초가지붕을 볼 것이라 예상하고 있었다. 아주 어릴 때 벼 지푸라기 자르는 것을 돕고, 옛날에 와인을 만드는 것과 아주 비슷하게 맨발로 그 혼합물 위로 걸어 다니면서 그것을 어떤 종류의 진흙이랑 섞었던 기억이 난다. 그리고 나서 작은 사각형 모양들로 만들어서 말린 뒤 건축 재료로 사용했다. 도로는 아스팔트나 콘크리트가 없어서 비가 오면 진흙탕이 될 것이라고 상상했다. 논에는 소가 끄는 달구지가 있을 것이라고 생각했다. 자전거를 어디서나 볼 수 있을 것이라고 예상하고 있었다. 그러나 난 내 인생에서 가장 큰 충격을 받았다.

우리 비행기는 밤늦게 인천 국제공항에 도착했다. 그 공항은 1992년에 건설되기 시작해서 2001년에 공식적으로 오픈했다. 인천 국제공항은 미국에 있는 어떤 공항에도 뒤지지 않을 정도로 현대식이었다. 와우, 나는 무척 감동을 받았다! 인천공항은 한반도의 서쪽에 위치해 있는 최신식 공항이었다. 상대적으로 서울과 가까이 있는 옛날 김포공항은 여전히 있던 자리에 있었다. 이곳이 1973년 공군이었던 내가 전 세계에서 오는 모든 비행기들이 착륙하는 공항으로 기억하고 있는 곳이었다.

새디는 공항에서 우리를 맞이할 사람을 사전에 준비해 두었다. 그녀와 그녀의 남편은 벌써 한국에 와 있었다. 동창회를 위해 미국에서 비행기를 타고 온 사람은 두 부부뿐이었다. 알마와 나 그리고 우리가 알지 못하는 플로리다에서 온 부부였다. 같은 비행기를 타고 왔지만 우리가 같은 목적을 갖고 있다는 것을 그때는 알지 못했다. 도착했을 때는 늦은 밤이고 어두워서 어디로 가는지 알 수 없었다. 미니밴을 타고 두 시간 넘게 달려서 고아원이 있었던 도시인 평택에 있는 호텔에 도착했다. 18시간 넘게 비행기를 타고 와서 미니밴에서 2시간을 더 보낸 것이었다. 시차에 적응하느라 힘들었고 너무 지쳐 있었다. 그러나 몸은 너무 피곤했지만 이 모든 일들에 흥분하여 에너지가 넘치는 것처럼 느껴졌다.

성대한 동창회는 도착한 다음 날 있었다. 마침내 고대하던 날이 우리에게 찾아왔다. 1958년 이후로 보지 못한 사람들을 만나기로 되어 있었던 것이다. 50년 전에 만난 사람들이었다. '그들이 나를 알아볼까? 나는 그들을 알아볼 수 있을까?' 너무 신이 났지만 동시에 걸리는 것이 있어 약간 걱정이 되었다. 내가 무엇을, 어떻게 말할 수 있을까? '나는 내 모국어를 말할 수 없지 않는가!' 뭔가 앞뒤가 맞지 않는 것 같았다.

동창회가 밤에 있었기 때문에, 우리는 역사적인 그 행사가 시작되기 전에 시간이 좀 있었다. 아내와 나는 상점들, 마을들, 그리고 사람들을 자세히 살피면서 거리를 걸어 다녔다. 아내는 쇼핑을 무척 좋아했다. 특별히 손녀들을 위해 쇼핑을 할 때는 더욱더 신났다. 이것들이 내가 맘을 편하게 먹고 다가올 동창회에 신경이 쓰이지 않을 수 있도록 도와줬다. 이 나라가 얼마나 변했는지 보면서 너무나도 놀랐다. 큰 빌딩들, 쭉쭉 뻗은 고속도로, 도처에 있는 자동차들, 택시, 버스들 그리고 심지어 사람들이 입고 있는 옷까지도 달라졌다. 그들은 미국 사람들처럼 옷을 입고 있었다. 무척 서구화되어 있었다. 그러나 나이 드신 분들은 여전히 전통적인 옷을 입고 있는 것도 발견할 수 있었다.

자신들만의 특별한 요리를 만드는 식당들에서 풍겨나는 자극적인 향기가 거리 구석구석을 가득 채우고 있었다. 그들은 모두 경쟁을 하고 있었다. 참기름, 참깨, 그리고 다른 종류의 강한 향신료들에서 나오는 강렬한 냄새가 공기 중에 가득했다. 재래시장에서 나는 냄새와 누군가의 밥상에 올려 지기를 기다리고 있는 모든 종류의 살아 있는 물고기들, 게, 다슬기, 심지어 물탱크 안을 기어 다니는 살아 있는 오징어들까지 그 광경은 마치 내셔널 지오그래픽에 나오는 장면 같았다.

시장 다른 한쪽에서는 온갖 크기와 모양을 가진 백 가지도 넘는 다양한 종류의 말린 생선을 찾을 수 있었다. 건너편 또 다른 노점에서는 다양한 종류의 김과 큰 목욕 수건보다 큰, 마른 다시마를 팔고 있었다. 사람들로 가득 찬 슈퍼마켓에서 나는 복합적인 향기는 나에게 묘한 감정을 일으켰다. 얼마나 흥미진진한 곳인가!

그날 오후 늦게, 전날 공항에 마중 나왔던 그 사람이 어제 탔던 미니밴을 갖고 와서 우리를 큰 식당으로 태워다 주었다. 이 특별한 모임을 위해 넓은 방이 예약되어 있었다. 이미 많은 손님들이 와 있었고 늦게 도착한 사람도 더러 있었다. 거기에는 흥분, 미소, 웃음, 악수, 그리고 포옹이 존재했다. 사람들의 얼굴에 만연한, 기쁨에 가득 찬 웃음은 전염성이 있었다. 나에게도 그들의 흥분된 감정이 전해졌고 그들의 열정도 느꼈다. 오래전 모두들 생존이라는 공통의 목표를 가지고 살아가던 시절이 떠오르면서 맘이 울컥했다.

그날 밤 배우자와 같이 온 사람들 혹은 혼자 온 사람들 모두 합쳐 확실하게 30명 정도는 모였던 것 같다. 난 한국말을 할 수 없었기 때문에 새디가 통역을 해 주고 나와 아내를 다른 사람들에게 소개시켜 주었다. 나이가 많은 분들 몇몇이 나를 알아보는 것 같았다. 몇 명은 서툰 영어로 말했다. 나도 몇 명은 알아볼 수 있었는데, 그중 특별히 눈에 익은 사람이 한 명 있었다. 미국에 있는 누나 글렌다가 프랭크란 이름을 가진 남자와 찍은 사진을 나에게 주었었다. 고아원에 있었을 때 나도 그를 알고 있었다. 사진을 프랭크에게 보여 주었더니, 그는 누나를 보고 무척 기뻐했다. 50년 전에 그 사진을 찍었을 때 그는 글렌다가 우리 누나라는 사실을 알지 못했다. 그는 우리 누나를 정말로 좋아했었다고 나에게 고백했다. 프랭크는 지금 행복하게 결혼해서 그날 밤에 아내와 같이 참석했다.

방 전체가 담소와 웃음으로 떠들썩했다. 사람들이 먹고 마시기 시작하자 방은 더 시끄러워졌다. 모두들 다시 새롭게 시작된 만남에 좀 더 편해진 것 같았다.

프랭크에게 개에 물린 사건에 대해 물어 봤다. 개에 물린 애가 나라고 얘기해 줬다.

"내가 개에 물린 날 누가 나를 등에 업고 갔는지 알아요?"

프랭크는 웃으면서 나를 쳐다봤다.

"내가 했어요. 내가 당신을 등에 업고 의사에게 데리고 갔어요."

내 맘속에서 고마움의 감정이 넘쳐흐르는 것을 어찌할 수 없었다. 수많은 세월이 지난 후 마침내 나는 그날 밤 그에게 감사의 마음을 전할 수 있었다.

　고아원에 있는 모든 사람들이 프랭크를 알고 있었다. 내가 개에게 물린 그날 쉬지 않고 나를 업어 날랐던 사람이 프랭크였다는 사실을 나만 알지 못했다. 프랭크는 샘의 오른팔이었다. 그는 그 당시 고아원에서 가장 나이가 많은 고아들 중에 하나였다. 고아원에서 여러 가지 일을 맡고 있었는데 모든 활동들이 순조롭게 운영되고 흘러가면서 진행되도록 도왔다. 지금 그는 72세였다. 나는 그를 가장 친절하고 아이들을 잘 도와줬던 사람으로 기억하고 있었다.

　모두들 한국의 전통에 따라 바닥에 방석을 깔고 앉았다. 난 엉덩이부터 그 아래에 있는 모든 관절이 팽팽해지고 경련이 일어나는 것을 느낄 수 있었다. 척추 디스크 사이에 압력이 증가되면서 등 아래쪽에 통증을 느꼈다. 몇 분마다 나는 무릎과 엉덩이 그리고 다른 관절에 가해지는 통증과 압박을 줄이기 위해 자세를 비틀고 방향을 바꾸거나 다른 자세를 취했다. 아무데나 적응할 수 있었던 내 몸은 미국에서 의자에 앉아 생활하는 동안 망쳐져서 바닥에 앉아 있는 것에 적응할 수가 없었다.

　한국 전역을 여행하는 2주 동안 내 몸은 양반다리를 하는 것이나 바닥에 앉는 것에 적응하지 못했다. 일단 한번 앉으면 일어서는 것이 너무 힘들었다. 무릎 위로 몸을 말아 밀어서 일어나려고 노력했다. 내 다리는 마치 자물쇠로 채워진 듯했고, 엉덩이에 있는 모든 근육들이 작동을 멈추곤 했다. 내가 마침내 억지로 일어나면 엉덩이 아랫부분부터 무릎 전체에 느껴지는 뻣뻣함과 통증은 엄청났다. 나는 넘어질 듯 말 듯 부들부들 떨면서 생전 처음으로 일어나려고 발버둥치는 갓 태어난 송아지 같았다.

　손님들을 위해 차려진 상은 매우 길었다. 상 위에는 미국에서 잘 보지 못하는 음식들이 담긴 접시들로 빈틈없이 가득 채워져 있었다. 3피트쯤 되는 곳마다 절인 소고기를 요리하는 휴대용 화로가 있었다. 그것들은 식탁 위에 있는 다른 음식들과 함께 군침이 돌게 하는 냄새를 풍겼고, 배가 고파서 침을 삼키게 만들었다.

곁들여지는 모든 요리들은 색깔이 예쁘고 입맛을 돋우었다. 반찬이라 불리는 이 부수적인 요리들은 다양한 야채들, 야채 뿌리들, 생선, 다양한 종류의 김치들의 조합이었고 한국 전통에 따라 기본으로 제공되는 것들이었다. 저녁에는 항상 맛있는 뜨거운 국이 나오는 것 같았다. 국은 야채, 돼지고기, 닭, 소고기나 다른 종류의 생선들을 특이한 조미료와 섞은 것 같았다. 하얀 쌀밥이 매 끼니마다 나왔다.

이 맛있는 요리들은 위장이 약한 사람들을 현혹시킬 수 있었다. 알마가 재빨리 알아차렸던 것처럼 대부분의 음식은 매웠다. 아내는 내가 아는 사람들 중에서 매운 음식을 못 먹는 유일한 멕시코인이었다. 한국 음식을 처음 접한 이래로 나는 그녀의 '맛보는 사람'이 되었다. 나는 먼저 모든 음식을 먹어 보고 그녀가 먹어도 괜찮을지 아닐지 알려줬다. 알마는 젓가락도 처음으로 사용해 보게 되었다. 다이어트를 하고 싶으면 한국에 가서 젓가락으로 음식을 먹어 보라. 어떤 식당들은 포크를 가져다주었지만 대부분은 주지 않았다. 그녀는 두 주 동안 한국에 있으면서 살이 빠졌다.

나는 샘에 대해서 물었다.

"왜 샘은 안 왔어요?"라고 새디에게 물었다.

"1999년 동창회에는 있었던 걸로 아는데."

그녀는 "1999년 동창회에서 샘과 다른 고아들 사이에 엄청난 감정 폭발이 있었어요."라고 설명했다(이 고아들은 지금 60대와 70대였다).

머나먼 여정

"그들은 샘이 아이들을 다루었던 방식 때문에 매우 화가 났었어요. 특히 육체적인 벌을 준 것에 대해 그에게 매우 화가 나 있었어요. 그래서 샘을 동창회에서 빠져나가게 해서 몇몇 고아들이 그에게 해를 입히지 못하도록 막아야 했어요."

샘은 "훈육이 내가 알고 있는 고아원 운영의 유일한 방법이었고, 모두를 제어할 수 있는 유일한 방법이었다."라고 변명처럼 말했었다고 했다.

"왜 당신은 한 명이 잘못한 것을 가지고 모두를 벌해야 했나요? 그들은 모두 어리고 순진한 아이들이었어요."라고 프랭크가 샘에게 물었다고 했다.

프랭크는 언제나 아이들에 대한 동정심을 갖고 있었다.

샘은 80대였고 미국 정부에서 일하다 은퇴했다. 그는 오클라호마에 살고 있고 물리학 박사학위를 가지고 있다.

그 동창회에서 가장 결정적인 순간은 플로리다에서 온 패티라는 여성이 누나가 프랭크가 자기를 기억하는지 알고 싶어서 나에게 준 그 사진에서 우리 누나를 알아보았을 때였다.

"나 그 여자분 알아요."라고 그 사진을 본 후 패티가 무심하게 대답했다.

"우리 누나예요."라고 나는 그녀를 보면서 말했다. 그녀는 나를 쳐다보더니 "남동생이 있는지는 몰랐어요."라고 말했다.

그 고아원에는 교류하지 않는 다른 형제자매들이 많았었다고 확신하지만 교류가 없었기 때문에 대부분의 아이들은 고아들 사이에 형제자매가 있는지 몰랐다.

"그 여자 분은 나랑 같은 고향 출신이에요."라고 패티가 나에게 말했다.

나는 혼란스러운 표정으로 그녀를 쳐다봤다.

"우리 평택 출신 아니었어요?"

고아원이 평택에 위치해 있었기 때문에 이런 질문을 했다.

"사실은 고아원에 머물렀던 마지막 해에 공주에 있는 그녀의 이모를 만나러 같이 갔어요."

내 머릿속에 여러 가지 생각이 났다. '이 사람은 누구인가? 나는 고아원에서 당신을 본 적이 없어!' '이 여자 분이 정말로 우리 누나를 알고 있는가? 당신이 내가 태어난 곳과 같은 도시 출신이라고? 이건 말도 안 돼!' '공주가 어디에 있었지? 이모가 있다고? 내가 평택 출신이 아니라고?' 그즈음에 내 머릿속에는 수많은 질문들이 생겨나고 있었다.

그 다음 날은 관광버스를 타러 서울로 올라가기 전에 우리 모두 휴식을 취하면서 쉴 수 있는 '여유로운 날'이었다. 나는 새디에게 공주시에 같이 갈 수 있는지 물어보았다. 그녀는 공주가 어디에 위치해 있는지 몰랐지만 동의했다. 새디는 수년 동안 다른 고아들이 부모님을 찾도록 도와주고 있었다. 나는 전혀 모르고 있었던 나의 출생지를 보고 싶었다.

그 다음 날 아침에 우리는 택시기사를 채용해서 공주로 갔다. 적어도 두 시간은 걸릴 거라고 했다. 택시기사가 운행 가격을 제시했고 난 거기에 동의했다. 솔직히 말하면 가격은 내게 전혀 문제가 되지 않았다. 그냥 거기에 가 보고 싶었다. 무엇보다 궁금했다. 내가 태어난 곳을 보고 싶었다. 너무 흥분이 되어서 아무런 생각이 나지 않았다. 57살이나 된 늙은 남자 중에 자기가 태어난 곳이 어디인지를 모르는 사람이 얼마나 될까? 지금까지 난 전혀 모르고 있었던 것이었다. 심장이 정상범위를 넘어 더 빨라지고 있었다.

이렇게 하여 새디와 그녀의 남편, 나와 아내 이렇게 넷이서 내 인생을 한 번 더 바꿔 놓을 택시 여행을 떠났다. 이 즉흥적인 택시 여행에서 일어나기로 예정되어 있는 사건들은 가장 큰 텍사스 로또에서 당첨 번호를 뽑는 것과 같은 것이었다. 나는 과거, 현재, 미래를 포함하고 있는 타임머신 안으로 모험을 떠나려던 참이었다.

7장
가족을 만나다

　도로 여행은 매혹적이고 신선했다. 한국이 산업적으로, 기술적으로 얼마나 발전했는지 놀랐고 세계 속에서 경쟁력을 갖추려는 그들의 열정에도 정말로 감동을 받았다. 그들은 1973년 군인으로 내가 한국을 방문한 이후로 엄청난 발전을 이루어 냈다. 한국의 영토는 70퍼센트 정도가 산이다. 우리가 고속도로로 가면서 보는 대부분의 광경은 골짜기와 강들이었다.

　대부분 집들이 자그마하지만 집값은 엄청 비쌌다. 도시에 다다르면 가장 먼저 눈에 띄는 것이 거대한 아파트들이다. 그 건물들에 더 가까이 다가가면 그 구조물들은 마치 구름이라도 닿을 듯 더 높아 보인다. 대부분의 아파트들이 최첨단 보안 기술을 갖추고 있다. 집안에서 전자식으로 아파트 입구를 열어 주지 않으면 아파트에 들어갈 수 없다. 더 최근에 지어진 아파트는 거주자가 집 안에서 전자식으로 문을 열어 주기 전에 모니터 화면으로 방문객을 확인할 수 있다. 바깥쪽에 주차할 공간이 없으면 차들은 지하에 주차할 수 있도록 자동차 엘리베이터를 타고 건물 아래로 보내진다.

모든 고속도로들은 현대식으로 된 유료 도로들이어서 차들이 잘 운행되도록 도와준다. 얼마나 놀라운가! 도로들은 얼룩 하나 없이 깨끗하다. 대부분의 운전자들은 속도제한을 지킨다. 일반적으로 고속도로에는 경찰들이 없고 교통 규칙을 어기는 차량들을 찍어서 우편으로 벌금을 통지하기 위한 카메라들만 있다. 한국 경찰들은 한 명의 과속운전자를 잡기 위해 몇 시간동안 고속도로에서 시간을 낭비하지 않는다. 경찰관들은 아마도 다른 곳에서 처리할 더 중요한 일이 있을 것이다. 한국에서는 범법행위가 그다지 많이 일어나지 않는다. 사실은 카메라에 가까이 가면 경고 사인이 주어지기 때문에 대부분의 운전자들은 그 경고에 주의하여 속도를 줄인다. 모든 차들이 카메라가 있는 곳에 다가가고 있음을 알려 주는 GPS 장치를 갖고 있다.

고속도로를 따라 펼쳐진 광경은 숨이 멎을 정도로 아름다웠다. 산 위아래로 나무들이 매우 많았다. 아름다운 감나무와 밤나무들이 우리가 지나가는 언덕의 비탈길들을 덮고 있었다. 크고, 오렌지 빛깔이 나는 과일들이 그림 같은 풍경 여기저기에 점처럼 찍혀 있었다. 내가 아직 한국에 사는 작은 꼬마였을 때의 기억을 되살리게 하는 이 감 열매들은 천도복숭아 크기만 한 것부터 큰 사과만 한 것도 있다. 숲에서 놀면서 이 과일을 먹었던 추억이 있다. 너무 시어서 한 입만 깨물어도 얼굴이 일그러지게 되었던 기억이 있다.

가을 나뭇잎들이 떨어졌듯이 짙은 갈색을 띄는 가시 박힌 밤들이 줄을 지어 떨어질 준비를 하고 있는 것을 볼 수 있었다. 다 익은 밤들은 벌써 나무 아래로 떨어져서 아주 날카로운 가시가 박힌 껍질들이 고속도로 주변의 땅을 덮고 있었다. 어린 시절 밤과의 전투에서 승리했던 기억이 난다.

그 길고 날카로운 가시들은 껍질 안의 밤을 꺼내려고 하는 누구에게나 난관이었다. 어린 아이였을 때 우리는 큰 돌과 단단한 나뭇가지로 그 문제를 해결했다. 손가락 몇 개만 찔리면 보상을 받을 수 있었다. 수많은 세월이 지난 후에도, 우리의 생각들이 오래된 감각들을 일깨울 수 있다는 건 참 재미있다. 아주 작은 것들, 중요하지 않은 하나하나의 일들이 마치 생각의 은행 속에서 튀어 나오는 것 같다.

형형색색의 꽃들이 고속도로를 따라 심겨져 있었다. 가까이에서도 저 멀리에서도 오래된 무덤들이 눈에 들어왔다. 수많은 가족들의 역사적 상징물인 이 무덤들은 눈에 아주 잘 띄었다.

한국의 무덤들은 묘비만 있고 평평한 미국의 것들과 다르게 언덕 위에 솟은 큰 둔덕처럼 되어 있다. 부유한 가족들의 고분들은 눈에 띄는 기념비도 함께 세워져 있었지만 가난한 사람들의 무덤은 그냥 둔덕만 있었다.

움직이는 차창 밖으로 벼 이삭들의 색깔이 바뀌고 있는 것이 보였다. 아름다운 논들이 농촌 지역의 대부분을 장악하고 있었다. 때는 9월 중순이었고 벼 줄기들이 밝은 노란색으로 변하고 있었다. 벌써 수확이 이루어진 논도 있었다. 현대식 트랙터가 벼를 자르고 동시에 곡식들의 껍질을 벗기면서 마술처럼 일하고 있었다. 얼마 전까지만 해도 모든 것이 손으로 이루어졌었는데, 한국 사람들이 드디어 기술을 따라잡은 것이었다.

과수원에는 수확할 준비가 된 아름다운 색깔의 사과와 배들이 보였다. 딸기 같은 과일이 줄지어 늘어서 있고 상추, 당근, 고추 같은 온갖 종류의 야채들로 덮여 있는 밭들도 있었다. 산 정상과 골짜기, 언덕의 비탈들은 모두 어떤 종류의 식용 식물들로 경작되어 있었다. 땅 구석구석이 이용되고 있었다.

공주 시내로 들어가는 도중에, 새디가 시청에 가서 우리 가족의 기록을 보자고 제안했다. 난 놀라서 아내를 쳐다보고서는 새디에게로 다시 눈을 돌렸다.

"무엇을 위해서요? 분명히 어떤 기록도 없을 거예요!"

'설마! 가당치도 않아! 너무 오랜 세월이 지난 뒤라서 불가능해! 만약에 기록이 있었다면, 내가 1958년에 미국으로 떠날 때 생일기록과 가족의 정보를 조작하지 말고 찾았어야 했었어.' 내가 이 여행을 하게 된 동기는 내가 태어난 고향을 보기 위한 것이었다. 가족을 찾는 그런 꿈은 오래전에 포기했다.

"조사한다고 해서 나쁠 건 없잖아요. 게다가 어차피 우리는 이 도시에 있을 거잖아요."라고 새디가 말했다.

새디의 의견에 동의는 했지만 나는 아무것도 찾지 못하더라도 실망하지 않을 거라고 결심했다.

고속도로를 벗어나서 도시로 운전해서 들어갔을 때, 나는 '이것은 내가 상상했던 그 작은 마을이 아니야.'라고 혼자 생각했다. 볏짚으로 엮은 지붕과 진흙 벽으로 지어진 집들로 이루어져 있던 작은 마을은 모두 과거 속으로 사라졌다. 그 자리에는 수많은 고층 빌딩들이 솟아 있었다. 현대식으로 지어진 집들이 언덕의 비탈길에 산재했었고 도시로 계속 이어졌다. 공주는 전혀 작은 마을이 아니었고 제법 큰 도시였다. 자전거들은 어디에 있는가? 자동차들, 택시들, 버스들이 거리를 가득 메우고 있었다. 도로들이 좁아서 앞에서 오는 차들을 예측하기가 힘들었다. 큰 강이 그 도시를 흘러서 지나갔고 몇 개의 현대식 다리들에 의해 서로 연결되어 있었다.

'내가 여기서 태어났다고? 1954년에 고아원으로 가기 위해 떠났던 그 작은 도시가 여기라고? 매달리고 있던 엄마의 손에서 울면서 떨어졌던 그 작은 도시가 이곳이라고? 여기가 남동생과 어머니가 아버지의 무덤에서 처절하게 울던 것을 마지막으로 본 곳이란 말인가? 전혀 딴 곳 같은데.' 마음이 불편했다. 불신이 내 마음을 가득 채웠다.

택시기사는 몇몇의 주민들에게 시청이 어디에 있는지 물어보았다. 시청 입구에 도착했을 때 나는 또 한 번 놀랐다. 시청은 완전히 현대식이었다. 중앙 현관은 박물관처럼 꾸며져 있었다. 과거에 나라를 다스리던 한 왕의 큰 동상이 있었다. 이 역사적으로 중요한 왕의 실제 사람 크기만 한 동상은 그 도시와 나라의 역사를 이야기하는 수많은 역사적인 가공물들로 둘러싸여 있었다. '국가 보물들'도 전시되어 있었다. 몇몇 가지의 보물들은 왕과 왕비가 나라를 다스리던 한국의 왕정 시기까지 몇 세기를 거슬러 올라간 것들이었다.

도시 운영의 중심에는 깨끗한 흰색 셔츠를 입고 넥타이를 매거나 혹은 셔츠만 입은 시청 공무원들이었다. 여자들은 말끔하고, 깨끗하며, 다림질이 된 옷을 입고 있었다. 그들은 모두 전문가처럼 보였다. 책상들이 줄줄이 놓여 있었고, 각각의 책상 위에는 현대식 컴퓨터가 놓여 있었다.

한 젊은 여성이 다가와서 도와줄 일이 없는지 물었다. 새디는 유창한 한국어로 우리가 여기에 온 이유를 말했다. 우리는 나의 가족에 관한 기록이 있는지 알아보기 위해 시청을 방문한 것이었다. 그 젊은 여성은 나를 쳐다보더니 키 큰 한 남성에게로 우리를 안내했다. 그 남자 분은 말을 부드럽게 했고 호의적이었으며 잘 도와줄 것처럼 보였다.

새디와 나는 시청 직원 미스터리가 일하는 곳으로 가서 그의 책상 앞에 앉았다. 새디의 남편 존과 알마는 담소를 나누면서 앞쪽 책상에서 기다렸다. 새디와 미스터 리는 한국말로 몇 마디를 나누었다. 미스터 리는 질문을 많이 했는데, 새디가 통역해 주었다. 그는 컴퓨터에 들은 정보를 입력했다. 내 한국 이름을 물었으나 시스템에서 맞는 이름을 찾을 수 없었다.

　미스터 리는 최선을 다했다. 그는 자료를 확인하고, 찾을 수 있는 모든 참고 자료와 비교하여 다시 조사를 했다. 최종적으로 그는 내가 아버지 성함을 아는지 물었다. 알지 못했다. 한국에서 아버지의 이름은 다른 가족들을 연결하는 고리라고 그가 설명해 주었다. 아버지 이름 없이 가족에 관한 기록을 찾는 것은 매우 어려웠다. 개인적인 신상과 관련된 질문들을 계속 받았는데 내가 우리 가족에 대해 아는 것이 거의 없어서 눈물을 약간 글썽였다. 그 시점에서 나는 이 모든 것들이 어리석은 발상이었다는 생각을 했다. 그는 한 시간 동안 끈기 있게 컴퓨터 기록을 이리저리 찾아 헤매었지만 아무것도 얻지 못했다. 약간 실망했지만 현실적으로 가족을 찾는 것은 가망이 없는 일이라는 것을 알고 있었다. 우리는 그에게 감사를 표시하고 그곳을 떠났다.

　시청을 떠나기 전에 존과 새디는 아메리칸 익스프레스 여행자 수표를 환전해야 했다. 환전을 위해 우리는 시청 안에 있는 은행에 들렀다. 환율은 그 당시에 미화 1달러당 1,300원 정도였다. 우리는 기다리면서 실시간으로 환율이 변동되는 것을 보았다.

　긴 시간동안 환전을 진행하면서 환전을 도와주고 있던 그 젊은 여성분이 많은 질문을 했다. "당신은 누구세요?" "어디에서 왔어요?" "여기서 뭐하고 계세요?" 그녀는 영어를 할 수 있었다! 그녀의 이름은 윤수현이었고 매우 친절했다. 그녀는 여행자 수표 한 장 한 장의 고유번호가 필요했고 소유주의 이름과 숙소 주소를 알아야 했다. 환전이 끝나는 데 확실히 50분 이상이 걸렸던 것 같다. 다행히도 나와 알마는 현금을 갖고 왔었다. 우리는 그 은행직원의 도움에 감사하면서 인사를 하고 나왔다.

택시기사는 우리가 일을 처리하는 그 오랜 시간 동안 참을성 있게 기다리고 있었다. 차를 타고 고속도로 쪽으로 가면서 나는 마지막으로 그 도시를 뒤돌아보았다. 산과 산 사이 골짜기에 위치하고 굽이쳐 흐르는 큰 강에 의해 보호되고 있는 그 아름다운 도시는 내가 상상했던 것과는 달랐다. 내가 기억하는 시골 마을은 현대식 도시로 바뀌어 있었다. 거기에 나는 다 끝내지 못한 일이 있었다. 언젠가, 어떻게 해서든 돌아가리라.

우리는 그날 저녁 늦게 호텔로 되돌아왔다. 힘이 좀 빠지긴 했지만 가족을 찾으려고 한 번 더 노력했다는 사실에 만족했다. 이제 나는 출생지를 알게 되었고 그곳에 다녀왔다. 이렇게 수많은 날들이 지난 후에라도 내가 어디에서 태어났는지 알게 되니 약간의 만족감과 마음의 평화가 찾아왔다. 그날 저녁에 새디의 오빠, 프랭크와 그의 아내가 우리를 데리러 호텔에 와서 저녁을 먹으러 갔다. 분위기가 좋았고 몇몇의 고아들과 그들의 가족들만 있어서 전날 밤보다는 다소 조용한 분위기였다.

프랭크와 그의 아내, 새디와 존, 새디의 오빠, 패티, 톰, 패티의 자매 그리고 내가 알지 못하는 몇몇 사람들과 그 두 번째 날 밤에 다시 모였다. 이 자리는 한때 우리가 알고 지냈던 사람들에게 작별을 고하는 자리였다. 이제 그들 모두에게 가족이 있다는 것을 알고 있었기에 그들의 행복한 모습들을 다시 보게 되어서 무척 기뻤다. '이들은 정말로 행복할까? 그들은 자라온 환경 때문에 어떤 식으로든 심리적 영향을 받았을까?' 물어 보고 싶은 질문들이 너무 많았다. 아마도 다음에 다른 곳에서 만나서 물어볼 수 있으리라.

그 다음 날 아침에 우리는 관광버스를 타기 위해 일찍 일어났다. 미니 셔틀버스가 짐을 싣고 한 시간 거리인 서울을 향해 떠날 준비가 되어 있었다. 서울에서는 거의 두 주 동안 우리의 집이 될 예정인 관광버스를 타고 우리가 전혀 모르는 이 나라의 문화, 역사, 그리고 음식들을 보고 경험할 계획이었다.

서울은 남한의 수도이다. 초고층 빌딩들이 이 멋지고 거대한 도시를 가득 채우고 있었다. 높이 솟은 아파트 건물들, 네온사인들, 식당들, 그리고 교통 체증의 끝이 보이지 않았다. 거리들은 버스와 택시, 꼬리에 꼬리를 문 자가용들로 가득 차 있었다. 목적지로 가기 위해 서두르고 있는 사람들이 도로 양방향을 가득 메우고 있었다. 수많은 자동차의 배기통에서 나오는 냄새를 맡을 수 있었다.

식당들이 도처에 자리 잡고 있었다. 맛있는 음식 냄새가 거리에 가득 퍼져 있어서 보도를 걸어가면서도 때로는 차 안에서조차 맡을 수 있을 정도였다. 어디서든 지하철을 탈 수 있었다. 서울은 천만이 넘는 인구가 살고 있고 빠르게 변하는 도시였다. 양복을 입은 남자들과 최신 유행의 디자이너가 제작한 옷을 입고 있는 여자들이 업무를 보기 위해 바쁘게 움직이고 있었다.

서양 문화의 영향이 눈에 띄었다. 미국 프랜차이즈들이 도시 곳곳에 있었다. 몇몇 잘 알려진 대표적인 프랜차이즈들은 던킨 도넛, KFC, 스타벅스, 맥도날드, 피자헛, 아웃백, 그리고 세븐일레븐 등이었다. 이러한 프랜차이즈들을 보니 향수병이 약간 생겼다.

도시는 그 유명한 한강에 의해 두 부분으로 나누어져 있었다. 강으로 나

뉘진 땅은 수많은 다리들에 의해 연결되어 있었다. 높이 솟은 무수한 아파트들이 서울 바깥쪽을 둘러싸고 있었다. 위성도시라고 불리는 이 지역들은 서울시 경계 안에 더 이상 집을 지을 공간이 없어서 건축되었다.

서틀버스가 우리를 내려다 주고, 우리가 엉뚱한 곳에 내렸다는 사실을 알아차리고 난 후 우리는 정확한 목적지를 찾기 위해 급하게 움직였다. 큰 가방은 끌고, 작은 가방들은 어깨에 메고, 꽤 멀리 떨어져 있는 우리의 목적지를 향해 서둘러 갔다. 관광버스를 놓칠지도 모른다는 생각에 절망스러워하면서 택시를 잡아타고 버스가 출발하는 정확한 위치로 갔다. 한국말을 할 수 있는 사람이 우리 중에 있다는 사실이 참 감사했다. 모두 매우 화가 났지만 일단 정확한 목적지에 도착하니 화가 누그러졌고 기분이 좋아졌다.

관광버스에 올라탔을 때 우리는 너무 신이 나면서 행복해졌고 안심이 되었다. 버스 안은 흥분된 얼굴들로 가득 차 있었다. 한국말을 할 줄 아는 한국계 미국인들이 여럿 있었고, 한국말을 하지 못하는 몇 명의 젊은이들도 있었다. 우리 그룹의 세 부부, 존과 새디, 알마와 나 그리고 톰과 패티 외에는 대부분 미국에서 온 한국 사람들이었다. 미국 시민권을 획득한 이 한국인들은 한국계 미국인 2세 자녀들과 함께 차에 타고 있었다. 자녀 세대들은 결혼을 했거나 연인들과 함께 있었다. 버스 안에 있는 사람들의 나이도 다양했다. 처음으로 한국 여행을 하는 사람도 있었지만, 옛 가족들을 다시 만나기 위해 재방문한 사람들도 있었다. 모두들 이 여행에 대한 기대로 잔뜩 부풀어 있었고, 빨리 출발해서 남한의 문화와 아름다움을 경험하고 싶어 안달이었다.

난 평생 기억에 남을 모험을 막 시작하려는 참이었다. 관광 가이드는 매일 역사적으로 중요하거나 문화적으로 자극이 될 만한 곳들을 지도에서 뽑아서 차를 세웠다. 우리는 나라의 중심부에서 부산까지 여행을 했다. 부산은 한국에서 두 번째로 큰 도시이면서 가장 큰 항구로, 한반도 남동쪽 끝자락에 위치해 있었는데 화물 적재량으로는 세계에서 다섯 번째로 큰 도시이다.

아름다운 도시 부산에서 우리는 한국 남쪽 끝에 위치해 있는 제주도로 가는 비행기를 탔다. 이 섬은 오래전 화산 폭발에 의해 만들어졌다. 해안선을 따라가면 날카로운 용암들에 부딪치는 파도들을 볼 수 있다. 수많은 한국인들이 신혼여행이나 휴가를 보내려고 이 아름다운 섬을 방문한다. 같은 한국인이기 때문에 이 섬에 사는 사람들이 똑같은 문화적 배경을 가지고 있고, 같은 음식을 먹고, 다른 한국 사람들과 똑같이 말한다고 생각할지도 모른다. 본토 육지에 사는 사람들에 의하면 생긴 건 똑같을지 몰라도 그 섬사람들은 심한 사투리를 써서 무슨 말을 하는지 이해하지 못할 때가 자주 있다고 했다. 문화적으로도, 먹는 음식에서도 좀 다른 면이 있다.

섬의 해안선을 따라 아름다운 5성급 호텔들이 늘어서 있었다. 숨이 멎을 것 같은 풍경을 지닌 골프장들은 너무 정성스럽게 손질되어 있어서 인공적으로 만들어진 잔디밭이라고 단정 지을 수 있을 정도였다. 이곳은 관광 가이드와 한국 정부가 관광객에게 홍보하는 곳이었다.

여행 첫날 서울에서 출발한 관광버스를 타고 시골길을 따라가면서 본 풍경들은 훌륭했다. 우리가 들렀던 몇몇의 역사적인 장소들은 동화책에 나오는 곳들 같았다. 그중 낙화암이라고 불리는 유명한 낭떠러지는 뜻깊은 역사를 지닌 관광지였다. 관광 가이드에 의하면 그곳은 7세기에 3,000명의 여자들이 적국에 포로로 끌려가지 않으려고 뛰어내린 절벽이라고 했다.

우리는 유람선을 타고 그 낭떠러지가 있는 섬의 다른 쪽을 여행하면서 몇 시간 동안 그 산의 절벽을 따라 올라갔다. 권력을 쟁취하기 위해 전쟁을 치른 수많은 한국 왕조들의 긴 역사의 숨결을 느낄 수 있었다. 산 중턱에는 많은 유적들과 탑들이 있었고, 스님들도 있었는데 그곳에서 조용히 자신의 신들에게 예를 올리고 있었다. 대부분의 한국 관광객들은 부처님에게 예를 올릴 뿐만 아니라 종교적인 명분을 위해 기부를 하기도 했다. 너무 멋졌다. 이 장소는 한국의 유산과 역사 발전에서 큰 역사적 의미를 지니고 있었다.

우리가 몸을 좀 뻗고 간식을 사 먹을 수 있도록 버스는 휴식을 위해 자주 정차했다. 식당에서 접한 음식들은 매우 전통적이었는데 생선, 국, 물론 빠질 수 없는 밥 등 종류가 다른 형형색색의 여러 음식들이 차려져 있었다. 음식들의 냄새는 매우 좋았다. 하지만 매운 음식에 약한 사람들을 위한 것은 아니었다. 전형적인 미국의 패스트푸드 음식점과 달리 각각의 음식은 고유한 특징을 갖고 있었다. 그들만의 섬세한 냄새, 맛 그리고 질감을 갖춘 양념들과 나물들로 가득 채워져 있었다. 이 다양한 음식들의 쇼는 그 자체만으로도 하나의 좋은 볼거리였다.

우리는 여러 지역을 다니면서 매우 즐거운 시간을 보냈다. 우리가 경험한 문화와 관습들은 함께 여행을 다녔던 대부분의 사람들에게 전혀 새로운 것들이었다. 눈앞에 펼쳐진 경치는 믿을 수 없을 정도로 아름다웠고 이 나라의 역사는 무척 다채로우면서도 낭만적이었다. 첫날에 기대했던 것 이상이었다.

우리는 대전이라 불리는 큰 도시에서 그날 밤을 보내기 위해 멈췄다. 대전은 인구가 350만 명 정도 되는 도시라고 들었다. 캘리포니아에 있는 실리콘밸리에 견줄 수 있는 첨단 기술 도시였다.

스파피아 호텔 앞에 멈춰서 버스에서 내리기 시작했을 때, 누가 강한 한국 악센트로 "존 케네디"라고 내 이름을 부르는 소리가 들렸다. 관광 가이드가 자신의 휴대폰으로 나를 찾는 전화를 받은 것이었다.

알마는 이해할 수 없다는 표정으로 나를 쳐다보았고, 나도 똑같이 당황스러워하면서 어깨를 으쓱거렸다. 나는 가이드에게로 다가가서 전화를 받았다. '우리 아이들이 어떻게 내가 한국 어느 지역에 있는지 알아냈을까? 그들이 어떻게 우리 관광 가이드의 휴대폰 번호를 알아냈을까?' 최악의 상황이 내 머리를 스쳐 지나갔다. 아무런 문제가 없기를 소망했다. 긴장되면서 기분이 아주 이상했다.

아내와 새디, 존은 내 옆에 조용히 서 있었다. 나는 전화를 받았다.

"존 케네디 씨, 당신 가족들을 찾았어요. 제가 당신이 연락할 수 있는 번호를 갖고 있어요."

강한 억양을 지닌 아름다운 목소리의 주인공이 말했다.

갑자기 극도로 불안해지면서 심장박동이 빨라졌다. 내 맥박소리가 점점 더 커지는 것을 들을 수 있었다. 소름이 돋으면서 온몸이 뻣뻣해지고 감각이 없어졌다. 내 머리에 전기 충격이 일어나는 것을 느낄 수 있었다.

"당신의 가족을 찾았어요."란 엄청난 말을 듣고서 나는 혼란스러웠고, 할 말을 잃었다. 새디가 한국말로 대화해서 그 전화의 진짜 의미가 무엇인지 알아내기를 바라면서 나는 전화기를 새디에게 넘겼다. 그녀는 전화를 받아서 한국말로 대화를 시작했다. 처음에는 평범한 대화로 시작하더니 갑자기 그녀의 목소리가 점점 커지고 눈이 반짝였다. 전화해 달라는 사람의 전화번호와 이름을 받아 적으면서는 점점 더 신이 났다.

전화를 끊고 나서 그녀는 나를 쳐다보았다.

"당신의 가족을 찾았어요."

그녀가 반복해서 말했다.

"전화를 한 사람은 은행에서 만난 아가씨 미스 윤이었어요."

'당신 가족 찾았어요.' 이 말이 나를 사로잡고, 내 머리에서 울렸다.

나는 알마를 쳐다봤다.

"그럴 리가 없어."

긴장된 목소리로 내가 말했다.

"이건 미친 짓이야. 누군가가 날 놀리고 있는 거야."

"그럴 리가! 그럴 리가!"

아내도 계속해서 말했다.

부정적인 생각들, 의심들, 의혹들이 내 머릿속에 스쳐지나갔다. '어떤 사람이 무슨 이유로 나의 친척이라고 주장하는 걸까? 세월이 너무 많이 흘렀어. 그들은 어떤 의도를 가지고 있는 걸까? 이건 너무 웃기는 일이야.'

새디는 패티가 공항에서 임대한 전화기를 빌렸다. 패티는 한국에 가족이 있어서 계속 연락을 해 왔었다. 미스 윤은 새디에게 시청에 전화해서 우리를 도와주긴 했지만 아무런 정보도 찾을 수 없었던 미스터 리랑 통화해 보라고 말했다.

미스터 리랑 통화하면서 새디는 이름들과 전화번호들을 받아 적었다. 그들이 한국말로 통화를 했기 때문에 난 무슨 말을 하는지 전혀 알 수가 없었다. 그녀는 나를 위해 이것저것 조금씩 통역을 해 주었다. 새디는 너무 신이 나서 제정신이 아니었다.

그녀는 미스터 리가 준 번호로 전화를 했다. 전화를 끊고 나서 새디는 너무 흥분돼 있었다. 우리 때문에 신이 났는지 그냥 스스로 신이 났는지는 모르겠다. 그녀는 숨을 깊게 쉬어야만 했다. 그리고 나서 단숨에 이야기를 했다.

"나는 당신의 조카 그러니까 당신 형의 둘째 딸이랑 대화를 나눴어요. 그들이 우리가 머물고 있는 호텔에 와서 당신을 만나고 싶어 하는데 7시에 여기로 올 거예요!"

두말 할 필요도 없이 난 너무 긴장이 되었고 그런 나 자신이 애처롭게 느껴지기조차 했다. 두근거리는 가슴과 내 심정은 지금 들은 것들을 믿고 싶어 하지 않았다. 이 새로운 정보에 혼란스러웠다. 그와 동시에 카페인을 너무 많이 섭취했을 때처럼 에너지가 솟구치는 것 같기도 했다. 이 정보의 회오리가 내 생각들을 시속 100마일의 속도로 회전하게 만들었다. 심장은 금방 마라톤을 하고 온 것처럼 마구 뛰었다. '어떻게 이렇게 될 수가 있어? 누군가가 장난을 치고 있는 거야.'

우리는 각자 방으로 가서 짐을 풀고, 7시 바로 전에 로비에서 만나기로 했다. 존과 새디가 나와 아내보다 더 신나 하는 것처럼 보였다. 가족이라고 주장하는 사람들을 기다리면서 난 매우 불안했다. 어쨌든 내가 고아원에 보내진 이후로 54년이란 세월이 지났다. 난 그들을 전혀 알지 못했고, 그들도 나를 몰랐다. '만약에 똑같은 이름을 가진 다른 사람을 나로 착각했으면 어떻게 하지?' 미스터 리가 시청에서 조사하는 동안 비슷한 이름을 가진 다른 사람들을 찾아내기도 했었다. 이 새로우면서 인생을 뒤바꾸는 정보들이 내 뇌파를 미친 듯이 요동치게 했지만 내 몸은 아주 느리게 움직이고 있는 것처럼 느끼게 만들었다. 한걸음씩 내딛는 발걸음과 머릿속을 스치는 모든 생각들도 '이럴 수는 없어.'라고 계속해서 나에게 말하고 있는 것 같았다.

7시가 지났는데도 아래층 로비에는 아무도 나타나지 않았다. 8시가 지나서도 여전히 아무도 없었다. 우리는 6시 전에 일어나서 그날 아침 8시부터 버스 안에 있었다. 시간이 점점 늦어지고 있었고 우리는 모두 피곤했다. 그들은 나타나지 않았다. 누군가가 아주 나쁜 장난을 치고 있는 것이었다. 모두들 좀 불안해지면서 심기가 불편해지지 시작했다. 마침내 9시가 되기 조금 전에 중앙 현관문이 열리면서 한 무리의 사람들이 들어와서 우리 쪽을 향해 걸어왔다. 아이들까지 포함하여 12명이었다. 그들은 이 순간이 올 줄 알았다는 듯이 우리 쪽으로 왔다.

새디가 먼저 대화를 시작했다. 그녀는 마치 그 대화에 누구의 목숨이라도 달린 것처럼 매우 열정적이고 진지했다. 우리 대화가 너무 시끄러워지자 호텔 관계자가 3층 접견실로 가라고 안내해 주었다. 서로 소개하는 동안 감정이 서서히 북받쳐왔다. 그들이 가족 구성원 한 명 한 명을 소개하자 내 심장은 다시 요동치기 시작했다. 과호흡 상태가 될 것 같은 느낌이 들었다. 내 몸 전체가 경직되고 예민해졌다.

알마는 내 옆에 서서 내가 쓰러지지 않도록 잡고 있었다. 그들은 왜 늦었는지 설명했다. 형은 우리가 머무르고 있는 대전에 살고 있었지만 남동생은 대전에서 한 시간 떨어진 내가 태어난 곳, 공주에 살고 있었다. 내가 어제 방문한 그 도시였다. 그들은 모두 같이 들어오려고 남동생을 기다렸다고 했다.

새디가 가족 구성원 한 명 한 명을 소개했을 때 내 눈물샘이 서서히 열렸고, 눈물이 주체할 수 없이 흘렀다. 나는 좀 당황스러웠지만 눈물을 멈출

머나먼 여정

수가 없었다. 알마는 팔을 내 허리에 두르고 나를 받쳐 주려고 노력했다.

"그들이 당신과 친척이라는 건 의심할 필요가 없어요."

알마가 나에게 확신시켜 주었다.

"당신 남동생은 당신이랑 똑같이 생겼어요. 안경만 아니면 쌍둥이라고 해도 믿을 수 있을 것 같아요."

접견실 안은 상당히 격양된 분위기가 되었다. 나뿐만 아니라 형님의 둘째 딸 현정의 눈에서도 눈물이 흘러내렸다. 형 경길과 남동생 경운은 거의 말을 하지 않았다. 정확하게 말하면 내 형제들은 한 마디도 하지 않았다. 그들의 얼굴에는 표정이 없었다. 그들은 잠시 동안 내 얼굴을 한 번 빤히 쳐다보고서는 마치 마비된 것처럼 대부분 바닥이나 벽을 응시했다. 유일하게 말한 사람은 현정이었다. 그녀는 감정이 격해서 기쁨과 슬픔의 눈물을 동시에 흘리고 있었다. 현재에 대한 기쁨의 눈물과 과거에 대한 회한의 눈물.

현정은 새디와 아주 열정적으로 대화했는데 지난 오랜 세월동안 그들은 길순 누나와 내가 죽었다고 들었다고 설명했다. 언제, 누구에 의해서, 또는 어디서 이런 정보를 얻게 되었는지 정확하게 모르겠다. 그녀의 말에 의하면 길순과 내가 어디에 있는지 찾으려고 여러 해 동안 노력했지만 우리가 죽었다는 이야기를 듣고 나서는 포기했다고 했다.

마치 시간이 그 순간에 멈춰 있는 것처럼 느껴졌다. 우리는 아주 짧은 찰나의 순간에라도 만날 운명을 갖고 있었던 것이다. '그러나 왜? 왜 지금일까? 이 모든 것들은 눈 한번만 깜박이면 끝날 것이고, 내 인생의 셀 수 없이 많은 다른 기억들과 함께 기억 저장소에 기록되어질 것이다. 꿈이었을까? 꿈임에 틀림없어! 꿈일 리가 없어!'

새디가 그들이 하는 말을 통역해 주었고, 난 이 강력한 정보들에 흠뻑 젖어들었다. 역사적인 순간이었다. 기적이 일어난 것이었다. 볼 위로 끊임없이 흘러내리는 눈물을 멈출 수 없었다. 아주 느린 화면을 보는 것처럼 남동생의 아내 엄경자의 얼굴에서 눈물이 흘러내리는 것이 보였다. 모두들 믿기지 않는 눈으로 넋이 나간 것처럼 뚫어져라 나를 쳐다보고 있었다. 엄청난 즐거움, 북받치는 감정 그리고 가슴이 메어질 듯한 정보들이 그날 밤, 그 짧은 시간 동안 오고 갔다. 마치 모든 것이 꿈같았다.

묻고 싶은 질문들이 너무 많았지만 생각들이 좀 뒤죽박죽되어 버려서 내 감정이 나를 가장 잘 대변해 주었다. 그렇게 짧은 통보로 파악하기에는 너무 많은 것들이었다. 그들은 우리 가족에 대해서 물었고, 알마가 우리 아이들과 손녀딸에 대한 이야기를 해 주었다. 나는 말을 할 수가 없었다. 평정을 좀 찾은 뒤에 나는 누나에 대해서 물었다. 그녀는 서울에 살고 있어서 올 수 없었다고 설명해 주었다. 이 밤에 오기에는 너무 멀었다.

"어머니는 어디 계시나요? 아직 살아 계세요?"

"3년 전에 돌아가셨어요. 주무시다가 돌아가셨어요. 향년 86세셨어요."

갑자기 우울해지면서 기분이 가라앉았다.

어머니에 대한 이야기를 들으니 뜨거운 열기가 내 등을 타고 올라오면서 눈물이 저절로 다시 흘러내리기 시작했다. 3년 전에 동창회가 열릴 예정이었는데 남한과 북한 사이의 긴장감 때문에 동창회를 개최하기에 좋은 때가 아니라는 권고를 받고 연기했다. 그때 오지 않은 것에 대해 죄책감을 느꼈다. 어쩌면 어머니를 만났을 수 있었을지도 몰랐다.

시간이 밤 10시 30분이 넘었고, 어린 아이들은 벌써 곯아떨어졌다. 난 나의 형제자매와 그들의 가족이라는 이 낯선 사람들과 54년에 걸친 긴 이별을 단 몇 시간 안에 담아내려고 노력하고 있었다.

어떻게 나를 찾았는지 물었다. 우리가 시청을 떠났을 때 어떤 한국 사람이 그의 가족을 찾는다는 소문이 퍼졌다고 했다. 사람들은 거기에 대해 이야기하기 시작했고, 몇몇 사람들이 어린 아이 두 명이 오래전에 고아원으로 보내져서 미국 가족에게 입양되었다는 이야기를 기억해 냈다. 공주는 그 당시에 작은 도시였고, 아마도 미국의 작은 도시에서처럼 모든 사람들이 이웃들에게서 일어나는 일을 알고 있었을 것이다. 누군가는 이 두 아이들과 연관된 가족들을 알고 있었음에 틀림이 없었다. 그들은 그 가족에게 연락을 했고, 이 남자가 가족을 찾고 있다는 이야기를 했다.

그들이 미스터 리에게 전화를 해서 내가 어디에 있는지 물었을 때 그는 대답을 해 줄 수가 없었다. 우리는 그에게 아무런 정보도 남기지 않았었다. 그가 어떻게 공주에 살았던 두 아이의 이야기를 알 수 있었겠는가? 공주는 더 이상 작은 도시가 아니었다. 그가 아마도 다른 도시 출신이어서 그 이야기에 대해서 알지 못했을 수도 있었다. 어떻게 그가 알았겠는가? 그는 최선을 다해서 그 시에 있는 모든 자료를 조사했고, 도시 근교 지역의 자료를 상호 참조하여 조사했었다. 컴퓨터는 아무것도 보여 주지 않았다. 그는 우리에게 정보를 남기고 가라고 요청할 아무런 이유가 없었다.

나에 대해 묻고자 전화를 걸었는데 미스터 리가 아무런 연락처도 갖고 있지 않자 우리 가족은 그에 대한 감정이 약간 격해졌다. 절망 가운데 그들은 라디오 방송과 신문사에 전화를 걸었다. 미디어에서 가족을 찾고 있는 이 이방인을 찾을 수 있도록 도와달라는 뉴스를 내보냈다. 시청에서 일하는 한 젊은 남자가 쉬는 시간에 은행에서 업무를 보면서 '그 이방인'들을 본 것이 기억났다. 그는 어떤 지역주민들이 가족을 찾고 있던 그 이

방인을 찾고 있다는 뉴스를 듣고 시청에 있는 미스터 리에게 연락을 했고, 미스터 리가 다시 은행에 전화를 걸어서 우리가 어디에 머무르고 있는지 정확하게 알고 있는 미스 윤이랑 통화를 했다. 새디와 존이 아메리칸 익스프레스 여행자 수표를 환전했을 때 고객이 다른 관련 정보뿐만 아니라 그들이 현재 머무르고 있는 숙소 주소와 전화번호도 제공하는 것이 은행의 정책이었다.

미스 윤은 새디가 은행 업무를 볼 때 제공한 정보가 있었기 때문에 당장 호텔에 전화를 했다. 우리가 평택에서 머물렀던 호텔에 전화를 했을 때 우리는 이미 관광을 위해서 그 호텔을 떠난 뒤였다. 그 호텔은 긴급 상황을 대비해서 관광 일정, 버스, 다른 호텔들의 예약상황, 가이드의 이름과 전화번호 등의 모든 정보를 갖고 있었다. 우리가 머물렀던 평택의 그 호텔도 관광 상품의 일부분이었기 때문에 그들은 모든 여행 일정과 관련된 정보를 갖고 있었던 것이다.

호텔을 떠나기 전에 가족들은 나와 글렌다(길순)의 출생증명서 사본을 주었다. 내 진짜 생일을 알게 되니 본래의 내 정체성에 대한 새로운 인식을 갖게 되었다. 우리 어머니와 아버지를 찍은 조그만 사진도 한 장 주었다. 그때가 날 낳아 준 부모님을 생전 처음 내 눈으로 확인한 날로 기억된다. 그 사진을 보았을 때 난 완전히 무너졌다. 내 몸의 모든 신경과 살점들이 몸 안에서 흔들리고 있는 것처럼 보였다. 처음으로 부모님의 얼굴을 보게 되었다는 생각과 54년 만에 형제자매를 찾았다는 사실에 매료되었다. 온몸의 감각을 잃고 멍해졌다. '이보다 더 놀라운 일이 있을까?'

켈리 클락슨의 노래 중 하나가 이러한 순간이 오기를 평생 동안 기다리는 삶을 잘 표현했다. 나는 평생을 기다렸다. 이것이 나의 순간이었다. 이 일이 일어났다는 것을 믿을 수 없었다. 건초더미에서 바늘을 찾은 것이나 다름없었다.

'이것이 어떻게 가능할 수 있을까? 지금 내가 무엇을 더 바랄 수 있을까? 잃었던 형제자매를 찾았으니 이것이 내 여정의 끝인가?' 묻고 싶은 질문들이 너무 많았다. '이 사람들이랑 대화를 할 수 있을까?' 나는 그들의 언어를 모르고 그들은 영어를 할 수 없었다. 어머니와 아버지에 대해서 더 많이 알아야 할 필요가 있었다. '어머니는 어떤 분이셨을까? 어머니는 어떤 일을 하셨을까? 좋은 어머니였을까? 요리를 잘 하셨을까? 나와 길순 누나에 대해 수소문한 적이 있었을까? 아버지는 어떻게 돌아가셨을까? 그는 어떤 일을 하셨을까?'

경길, 경운, 길자에 대해서도 묻고 싶은 질문들이 너무 많았다. '아이들은 어떻게 생겼나요? 얼마나 어렵게 사셨나요? 직업이 무엇인가요? 어머니랑 잘 지내셨나요? 건강은 어떠세요?' 오랫동안 내 머릿속에 저장되어 있던 응답되지 못한 수많은 질문들이 갑자기 마구 쏟아져 나왔다. 그들을 다시 보고 싶었다. 그들의 과거를 알고 경험하고 싶었다. 알아야만 했다. 그들을 다시 만나고 싶었다.

밤이 더 늦어지고, 아이들이 잠들게 되었을 때 작별의 시간이 다가왔다. 새롭게 찾은 내 가족들은 떠나야 했다. 우리도 계속해서 일정이 있어서 휴식을 취해야 했다. 아침 일찍 일어나서 짐을 정리하고, 7시 30분까지 버스에 타야 했다. 우리는 정보를 교환했고 더 많은 눈물을 흘리며 작별 인사를 했다. 마치 꿈을 꾼 것처럼 그들은 사라졌다.

이 만남은 해답을 필요로 하는 내 인생 여정의 중요한 한 부분이었다. 나는 답을 찾기 위해 계속 조사를 진행할 예정이었다.

8장
한국

관광 가이드는 나무랄 데가 없었는데 관광 가이드 자격증을 따려면 어떻게 해야 하는지에 대한 팁도 가르쳐 주었다. 그는 누구든지 한국 관광 가이드가 되려면 아주 어려운 한국 역사 수업을 들어야 한다고 말했다. 영어를 사용하는 나라에서 온 관광객들을 상대하려면 영어시험도 통과해야만 한다. 관광 가이드가 되고 싶어 하는 사람들이 많이 있지만 정부에서 시험성적과 인터뷰를 바탕으로 해서 우수한 사람들만 뽑는다고 했다.

우리는 흥미로운 장소들을 여러 군데 둘러보았다. 머물렀던 호텔들은 대부분 아주 좋은 곳들이었다. 모두 훌륭한 호텔이었다고 말하고 싶다. 그중에서도 제주도에 있는 하얏트 호텔이 가장 좋았다. 해변 바로 앞에 위치에 있었는데 주변 풍경이 믿을 수 없을 정도로 아름다웠다. 한때는 화산재였던 날카로운 절벽을 내리치는 파도는 경이로웠다. 우리가 머무른 호텔 룸의 일일 숙박료를 보여 주는 차트를 보았더니 미국 달러로 $355라고 적혀 있는 것이 아닌가! 서비스는 탁월했다. 세탁이 룸서비스에 포함되어 있어서 추가로 비용을 부담하지 않고도 지저분한 옷들을 다음 날 깨끗하게 세탁해서 개켜 놓거나 벽장에 걸어 놓아 주었다.

"어떻게 평범한 한국 사람들이 이런 곳에 머무를 수 있나요?"

관광 가이드에게 물었다.

"나 같은 사람은 분명히 감당할 수 없죠! 보통 좀 부유한 사람들만이 이런 종류의 리조트에 머무를 수 있어요."

"우리는요? 이 리조트 비용은 분명히 단체 여행 경비에 포함되어 있지 않았었는데."

내가 물었다.

"정부가 관광객들을 유치하기 위해 그 차액을 보조해 줍니다."

카지노가 있는 좀 더 고급스러운 호텔도 몇 군데 있었다. 지역 주민들은 카지노에 들어갈 수 없었고 갬블링을 할 수도 없었다. 관광객들도 여권을 제시해야만 갬블링을 할 수 있었다. 아내와 나는 거기서 약간의 갬블링을 즐겼는데 아내는 실제로 그날 밤 220불을 벌었다. 그녀는 라스베이거스로 여러 번 여행을 가서 슬롯머신 앞에서 많은 시간을 보낸 숙련된 갬블러였다. 그날 밤 운이 좋았다.

감귤 농장 여행은 매우 인상적이었다. 신선하고 입에서 군침이 돌게 하는 귤들은 매우 달고 맛있었다. 이 통통하고 즙이 많은 과일들은 자연이 의도한 대로 자연스럽게 익어서 자연스러운 단맛을 지니게 되었다. 미국에 있는 식료품 가게에서 산 것들과는 맛에서 나는 차이가 어마어마했다. 이러한 감귤 농장들이 끊임없이 펼쳐져 있었다.

이 맛있는 과일들이 농부들에게 많은 이익을 가져다 줄 것이라고 생각했었는데 예상과는 달리 농장에 있는 연구실을 방문했을 때 인삼을 이용한 복제와 실험들이 많이 이루어지고 있는 것을 보았다. 대부분의 복제 실험은 100년 묵은 특정한 한 인삼 뿌리에 집중되어서 이루어지고 있다고 들었다. 그들은 모든 감귤 농장들이 인삼 농장으로 바뀔 것이라고 말했다. 이 인삼 뿌리에서 벌 수 있는 돈은 감귤 농사에서 버는 것보다 훨씬 많았다. 그래서 정부가 감귤 농장들이 인삼 농장으로 전환을 하면 보상해 준다고 했다. 인삼은 몸에 좋은 수많은 의학적인 이점을 가지고 있다고 알려져 있다.

역사가 깊은 이 나라의 동쪽 해안을 따라가는 여행을 하면서 그 아름다움에 숨이 멎을 만큼 놀랐다. 하지만 풍경 자체가 너무나도 아름다우면서도 뭔가가 빠진 것 같은 느낌이 들었다. 해안가에 사람들이 거의 없었던 것이다.

"해수욕장들은 일정 기간 동안만 대중에게 공개되기 때문에 지금은 비어 있어요."

관광 가이드가 우리에게 말했다.

"이 해안을 따라 남한으로 들어오려고 하는 북한 간첩들이 많아요. 여러 건의 간첩 사건들이 일어났기 때문에 이렇게 해안을 경비하는 것이 정부가 간첩 활동을 막을 수 있는 한 가지 방법이에요."

그는 자기 나라에 대해서 아주 많이 알고 있었다.

한국의 산들은 그냥 너무 멋있었다. 등산객들을 위한 산책로가 아주 많았다. 자연스럽게 형성되어 숙련된 등산가들이 주로 이용하는 등산로가 있었고 어린 아이들이나 노인들을 위해 의도적으로 만들어진 등산로도 있었다. 상당수의 70대나 80대의 노인들을 등산로에서 볼 수 있다는 사실은 놀라웠다. 심지어 지팡이를 짚고 있는 사람들도 있었다. 그들 중 어떤 이들은 평생을 아침부터 저녁까지 논에서 땀을 흘리면서 일했을 것이고, 또 어떤 이들은 언덕에서 또는 산에서 야채를 키우면서 평생을 밖에서 일한 사람들이었으리라. 그들은 이제 등산을 하면서 휴식을 취하고 자연과 더불어 사랑하는 사람들과 보내는 의미 있는 시간들을 즐기고 있었다. 한국 사람들이 편지를 마무리할 때 사용하는 오래된 문구가 있다.

'행복하고 건강하세요.'

젊어서도 늙어서도 그들은 야외 활동을 하면서 살아가고 있는 것처럼 보였다.

여행 기간 동안 새롭게 찾은 나의 가족은 매일 하루에 몇 번씩 전화를 걸어왔다. 그들은 패티의 휴대폰으로 계속 전화를 걸어서 패티가 더 이상 전화를 받고 싶어 하지 않는 단계까지 이르렀다. 전화를 걸 때마다 그들은 내가 어떻게 지내고 있는지 물었다.

"그분 잘 지내고 계세요? 밥은 잘 드시고 계세요? 재미있게 지내고 계세요?"

그냥 별것 아닌 것들. 이것은 패티를 정말로 귀찮게 해서, 그녀는 "난 더 이상 전화를 받지 않을 거예요."라고 말했다.

마침내, 여행이 막바지에 다다랐다. 이틀의 일정밖에 우리에게 남지 않았다. 우리의 마지막 목적지는 서울에 있었다. 나의 가족은 우리가 머무르고 있는 베스트 웨스턴 호텔에 방을 잡았다. 형과 형수, 그들의 둘째 딸과 손녀딸 그리고 남동생과 제수씨가 왔다. 내가 경험한 가장 멋진 모험을 마치기에 앞서 한국에서의 마지막 이틀 밤은 서울에서 보내기로 되어 있었다. 이 여행은 의심할 여지없이 내 인생 여정의 가장 멋진 부분 중 하나였다.

그 호텔에서 보낸 첫 번째 날에 현정(형님의 둘째 딸)은 우리를 서울의 다른 지역으로 데리고 가서 더 많은 친척들을 만나게 해 주었다. 매우 좋아 보이는 아파트 단지에 갔는데 어린 아이와 노인들을 포함하여 많은 사람들이 거기서 우리를 기다리고 있었다. 이 사람들 중에 큰누나 길자가 있었다. 마침내 나는 큰누나를 만났다! 이것이 누나와의 첫 만남이었다. 난 누나를 잘 알지 못했다. 그녀의 얼굴을 본 기억조차 할 수 없었지만 그녀가 존재한다는 것은 알고 있었다. 감정을 주체할 수가 없었다.

길자의 아들 정윤교와 그의 아내 김춘분. 그리고 그녀의 딸 정현순도 거기에 있었다. 누나의 자녀들은 모두 어른으로 성장했고, 그녀도 나처럼 노인이 되어 있었다. 상황을 이해하고자 하는 마음이 간절해지면서 점점 더 많은 질문들과 생각들이 머릿속에 마구 떠올랐다. 그녀와 포옹하고 우리가 이별했던 수많은 세월 동안 붙잡고 있고 싶었다. '54년 동안 떨어져 있던 형제자매에게 어떤 식의 포옹, 얼마나 오랜 시간의 포옹이 필요할까? 잠잘 때나 낮에 공상에 잠길 때 항상 그들에 대해 생각했었다고 어떻게 말해 줄 수 있을까?' 얼굴에서는 눈물이 멈출 수 없을 정도로 흘러내리기 시작했고 머릿속에서는 생각의 회오리가 요동치고 있었다. '얼마나 당황스러운 상황인가!'

나는 누나의 가족 외에도 다른 친척들과 그들의 자녀들, 그 외에 새로운 사람들을 더 많이 만났다. 모든 것이 너무 빠르게 진행되고 있어서 무척 혼란스러웠다. 그날 만났던 친척들 모두를 기억할 수는 없었다. 내 두뇌가 너무 지쳐 버렸던 것이다.

85세인 어머니의 여동생도 만났다. 그녀의 키는 140cm도 안 될 것 같았으며 등이 약간 굽어 있었다. 평생 동안 논에서 허리를 구부리고 일하고, 무거운 것들을 나르는 등 힘든 일을 하고 살아서 그녀의 등은 영구적으로 굽어 버린 것 같았다. 나이는 들었어도 그녀의 건강 상태는 좋았다. 누구의 도움도 받지 않고 여기 저기 다닐 수 있었다. 이모는 큰아들 조영학과 함께 이 아파트 단지에 살고 있었다. 영학은 나의 이종사촌이었다. 60살 이라고 들었다. 그는 키가 큰 한국인이었는데 부유하게 살고 있는 것처럼 보였다. 그가 살고 있는 아파트 단지는 좋아 보였고, 그의 딸은 영국에서 2년째 대학교를 다니고 있었다. 그들이 넉넉하게 살고 있어서 기분이 좋았다.

　모두들 이 오랫동안 잃어버렸던 친척을 만나게 되어 흥분되고 기분이 좋아 보였지만, 한국인이면서 한국말을 하나도 못하는 이 이방인에 대한 호기심이 더 많았을 것이라는 생각이 들었다. 마치 내가 고대 유물이라도 된 것처럼 느껴졌다.

　겉으로는 웃고 있었지만 맘 깊은 곳에서 서서히 감정이 북받쳐오고 있는 것을 느낄 수 있었다. 나는 인생에서 수없이 반복해 왔던 것처럼 대부분 평정을 유지했다. 감동적인 순간이었지만 어떤 이유에서인지 입양되어서 모두를 두고 떠난 것에 대한 죄책감이 들었다.

　그날 밤 우리는 멋진 식당으로 가서 즐거운 시간을 함께 보냈다. 음식은 다시 말하지만 놀라울 정도로 맛있었다. 식당은 사람들로 꽉 차 있었다. 모두들 전통적인 방식대로 바닥에 앉았다. 방석을 세 개나 사용하여 앉은 것으로 기억되지만 바닥에 앉는 것은 여전히 고통스러웠다. 여종업원들은 음식과 음료수를 계속 가져다주느라 매우 바삐 움직였다. 다른 종류의 음식들이 끊임없이 나오고 계속해서 음료수를 채워 주었다.

　각각의 테이블에서 흘러나오는 요리 냄새는 엄청 좋았다. 각기 다른 종류의 음식들에서 나오는 훌륭한 향기들이 식당 전체를 가득 메우고 있었다. 압축 탄을 사용하는 숯불 화로가 손님들을 위해 활활 타오르고 있었다. 숯이 다 타서 더 이상 열을 낼 수 없으면 원통에 담은 새로운 숯으로 교체되었다. 연기는 각각의 숯불 화로 위에 설치된 긴 배기통으로 빨려 들어갔다. 끊임없이 들어오고 나가는 사람들과 음식들 그리고 숯불 화로에서 나오는 열기로 식당은 활기가 넘치고 있었다.

식당에 갈 때마다 전에 본 적이 없는 새로운 음식이 나오는 것 같았다. 다른 종류의 음식이 이렇게 많이 존재할 수 있다는 사실이 신기했다. 마치 서로 다른 세대, 종류가 다른 식당들, 전국 방방곡곡에서 온 각기 다른 가족들이 오랜 세월에 걸쳐 모아 온 그들이 즐겨 먹고 대대로 전해지는 요리비법을 자신 있게 뽐내고 있는 것 같았다.

형, 누나, 남동생과 밥을 같이 먹는 것은 이것이 처음이었다. 마치 오랜 세월이 지난 뒤에 집에 돌아온 탕자 같은 느낌이었다. 하나님의 은혜로 54년 뒤에 나는 형제자매들과 다시 만나게 되었다. 그들의 아들과 딸들, 사촌들, 남자 조카들, 여자 조카들, 이모와 고모들, 손주들이 거기에 있었지만 내가 일일이 기억할 수 없었던 가족들도 있었다. 내게 있어서 잊을 수 없고 큰 의미를 지닌 순간이었다. 우리는 모두 함께 모였다. 불가능의 확률을 깨어 버렸다. 일어날 수 없는 일이 일어난 것이었다.

다음 날 아침, 형의 아내 김연숙을 제외하고 모든 가족들이 집으로 떠났다. 그녀는 남아서 우리가 미국에 있는 가족들에게 줄 선물을 사는 동안 함께 있어 주었다. 알마는 공항으로 떠나기 전에 마지막으로 쇼핑을 하고 싶어 했다. 우리는 가족과 친구들에게 줄 특별한 기념품들을 찾으면서 한참을 걸어 다녔다. 물건을 너무 많이 사서 여행 가방을 하나 더 사야 했다. 한국에서의 쇼핑은 그 자체가 색다른 경험이었다. 사람들은 매우 친절하고, 우호적이며, 항상 웃고 있었다. 몇몇의 가게에서는 친절한 말을 몇 마디 주고받을 수도 있었다.

　가진 돈을 다 써 버린 후에 우리는 호텔로 돌아가서 공항으로 가는 버스를 탔다. 서울을 지나가면서 본 그 풍경들은 수많은 차들, 버스들 그리고 꼬리에 꼬리를 문 택시들로 가득 찬 뉴욕의 바쁜 거리들을 연상시켰다. 개미들의 행렬처럼 서둘러서 움직이는 수많은 사람들. 차로 두 시간이 걸리는 거리였지만 훨씬 더 긴 것처럼 보였다. 인천 국제공항은 눈여겨 볼 만한 공항이다.

　형, 누나 그리고 현정과 그녀의 딸이 공항에서 우리를 기다리고 있었다. 수화물을 보낸 후에 몇 시간 정도 여유가 있었다. 기다리는 동안 모두가 느낄 수 있는 장중한 분위기가 흘렀다. 시간이 달팽이 걸음 속도로 가는 것 같았다. 불편하면서도 슬펐다. 언어의 장벽 때문에 대화가 어려웠다. 탑승을 알리는 마지막 방송이 들렸고, 우리는 모두 떠나야 할 때가 왔다는 사실을 알았다. 마지막 작별의 포옹을 하면서 슬픔의 눈물이 한 번 더 흘러내렸다. 이제 막 가족을 찾았는데 지금 다시 작별을 고해야만 했다. 다시 방문할 것이라고 그들에게 확신시켜 주었다. 그때는 더 많은 시간을 함께 보낼 것이다. 우리는 이메일이나 편지를 통하여 계속 연락할 예정이었다.

　미국으로 돌아가는 긴 비행시간 동안 나는 바로 얼마 전에 나에게 일어났던 일들을 이해하려고 노력했다. 아내와 나는 내가 예전에 알던 고아들을 만나러 한국을 방문했다. 그 자체만으로도 놀랄 만한 일이었다! 그러나 수많은 세월이 지난 후에 의도치 않게 형제자매들을 찾은 일은 발견할 수 없는 어떤 것을 발견한 것과 같았다. 어떤 사람들은 이것을 기적이라고 부를 것이고, 어떤 사람은 일어나기로 예정된 운명이라고 말할 것이다. 나는 그것이 기적이라고 믿는다. 신실한 기독교인은 아니지만 난 하나님을 믿는다. 나에게 일어난 이 일은 인간의 힘과 능력을 훨씬 뛰어넘는 어떤 강력한 힘에 의한 것이었다. 내가 한 번도 만난 적이 없었던 사람들, 상황들, 사건들이 일어난 시간들, 이 모든 것이 정확하게 딱 맞았다는 건 신기했다. 직소퍼즐처럼 합당한 사람들이 우리 가족이 다시 만나도록 돕는 역할을 하려고 함께 모였다. 가장 비정상적인 일이 일어난 것이었다! 너무 감사한 일이었다!

그것은 기적이었다.

머나먼 여정

9장
텍사스 그리고 다시
한국으로

　직장으로 돌아와서 비서에게 가족 찾은 이야기를 해 주었다. 린은 거의 나만큼 감동을 받았다. 그녀는 두 명의 멋진 아이들을 기르고 있는 싱글 맘이면서 매우 섬세하고 따뜻한 마음을 지닌 사람이었는데 특히 가족과 관련된 일에는 더 마음을 쏟았다. 그녀는 너무 신이 나서 자세한 내용을 듣고 싶어 안달이었다.

　나는 그녀에게 가족들과 대화를 할 수 있도록 한국말을 배워야 할 필요가 있다고 말했다. 우리 아이들은 혼자 공부할 수 있는 컴퓨터 프로그램인 로제다 스톤을 사 주었다. 그 프로그램을 이용하여 잠시 공부하려고 노력은 했으나 예전처럼 공부에 대한 일정한 규칙이나 꾸준함을 갖기가 어려웠다. 린은 나에게 물어보지도 않고, 텍사스 주립대 알링턴 분교에 전화를 해서 1대 1로 한국말을 가르쳐 줄 사람이 있는지 알아보았다. 그들은 연락 가능한 전화번호 하나를 그녀에게 알려 주었다.

　나는 알링턴에 있는 한 식당에서 이정호 박사를 만났다. 그가 멕시코 음식을 아주 좋아해서 엘페닉스에서 약속을 잡았다. 이정호 박사는 UTA(텍사스 주립대 알링턴 분교)에서 리서치 연구를 하려고 1년 동안 텍사스에 머무르고 있었다. 그는 매우 지적이고 조용한 사람이었다. 전자공학분야에서 박사학위를 갖고 있었으며 영어를 잘해서 대화를 할 수도 있었다. 그는 월요일부터 목요일, 6시부터 9시까지 기꺼이 자기 시간을 희생했다. 그는 정확하게 시간을 맞춰 우리 집으로 왔고 기초 수준에 맞는 한국어 수업을 아주 잘해 주었다. 12시 넘게까지 이야기를 하다가 간 적도 여러 번 있었다.

그는 나에게 언어뿐만 아니라 한국 문화도 가르쳐 주려고 노력했다. 나이 든 사람과 젊은 사람들 사이의 음주 관습은 꽤 흥미로웠다. 나이가 많은 사람과 술을 마실 때 그 젊은이는 항상 머리를 옆으로 돌린다. 이것은 나이 드신 분들에 대한 존경을 나타낸다. 한국 사람들은 술을 즐겨 마신다. 한국은 세계 1위인 러시아 다음으로, 전 세계에서 두 번째로 술을 많이 마시는 국가이다.

수업에 재미를 더하기 위해 정호는 영어 자막이 있는 한국 영화들도 가지고 왔다. 그는 다이렉트 티브이에서 한국 채널을 구독하고 있었다. 우리는 좋아하는 드라마 시리즈를 녹화하기도 했다. 매우 긴 시리즈들도 몇몇 있었다. 그가 우리에게 한국 영화들을 소개해 준 이후로 알마와 나는 그 드라마들에 매료되었다. 남녀 배우들은 미모가 모두 출중했다. 이 영화들을 보면서 깜짝 놀란 것은 그들의 결혼 문화였다. 이 진보된 문화에서 아직도 부모님의 결혼 승낙을 받아야 하고 그들이 자녀의 배우자를 선택해야 한다는 사실이 놀라웠다. 특히나 부유한 가족들에게 있어서는 돈과 명성이 결혼 결정을 내리는 데 있어 아주 큰 부분인 것처럼 보였다. 이러한 그들의 관습과 전통은 아주 오래된 것들이었다.

지금 나는 이정호 박사를 이름으로 부른다. 우리는 매우 친한 친구가 되었고, 그는 우리가 그의 이름을 불러주기를 바랐다. 정호는 12월에 미국을 떠나기 전까지 매일 우리 집으로 왔다. 함께했던 그 짧은 시간 동안 우리는 매우 가까워졌다. 그는 내가 겪고 있는 일들을 이해하고 있는 것처럼 보였다. 정호는 마음이 넓은 사람이어서 다가와서 도움을 주고 싶어 했다. 우리는 이메일을 주고받으면서 연락을 계속 했고, 가끔은 직접 전화를 하기도 했다. 우리는 그를 가족의 일부로 여겼다.

한국에서 돌아온 그 해 나는 수많은 밤을 잠 못 이루면서 보냈다. 한밤의 어둠 속에서 알마가 보지도 듣지도 못하게 숨죽인 눈물이 서서히 내 얼굴을 타고 흘러내리곤 했다. 내 마음은 끊임없이 54년의 헤어짐 뒤에 가진 그날의 '첫 만남', 그들에 대해 아무것도 모른 채 시간을 함께 보내고 눈 깜짝할 사이에 다시 떠나야 했던 그 짧았던 순간으로 되돌아갔다. '어떤 식으로 우리는 다시 만날까? 다시 만난다면, 어떻게 대화를 하지? 묻고 싶은 질문들이 너무 많은데. 그들은 어떻게 살아왔을까?' 질문의 회오리바람이 내 머리를 스쳐 지나가고 있었다.

어느 날, 형의 딸 현정으로부터 이메일을 한 통 받았다. 2009년 10월 18일, 그녀의 아버지가 70세가 되는 날 큰 파티가 있을 것이라고 말했다. 정호에 의하면 한국에서는 70세까지 살아서 생일을 맞는 것을 대단한 일로 생각한다고 했다. 사람들은 그날을 기억하기 위해 파티를 열고 여기저기에 흩어져 있는 친구들과 가족들을 초대한다고 했다. 춤도 추고, 술도 마시고, 푸짐한 음식도 먹는다고 했다. 새롭게 찾은 나의 가족들은 우리가 참석할 수 있을지 알고 싶어 했다. 우리는 그 초대를 받아들였다. 이 기회에 나의 형제자매들을 개인적으로 만날 수 있으리라. 가족에 대해서 더 많이 배울 수 있는 기회가 되리라. 형제자매들과 유대감을 형성할 수 있는 계기가 될 수도 있으리라. 알마와 나는 아주 신이 났다.

여행을 계획하면서 우리는 어떻게, 어디서, 얼마나 오래 머무를 것인지에 중점을 두고 일정을 짰다. 각각의 계획들이 모두 합쳐지고, 모든 방안들이 윤곽을 잡았을 때 우리는 약간의 심기를 건드리는 사소한 문제에 부딪혔다. 우리가 계획을 세우는 동안 나는 정호에게 정보를 알려 주었고, 그의 의견을 들었다. 정호는 나에게 이메일을 써서 우리 형님이 내가 남동생 집에 먼저 머무르는 것을 좋아하지 않는다고 말했다. 전통에 따르면 형님 집이 우리의 첫 번째 방문지가 되어야 한다고 말했다.

나는 그들의 관습이나 전통을 알지 못했기 때문에 사실 그런 것들을 전혀 고려하지 않았다. 우리가 가진 시간을 효과적이고 전략적으로 사용하기 위해선 합리적인 선택을 해야 했다. 동선과 시간의 제약이 우리의 결정을 주도했다. 공항에서부터 우리는 남동생이 살고 있는 공주를 먼저 지나가게 되어 있었다. 그 다음이 훨씬 남쪽에 위치하고 있으면서 형님이 살고 계시고, 축하 파티가 열릴 대전이었다. 대전은 한국 방문을 마치고 미국으로 돌아가기 전에 들를, 우리의 마지막 방문지가 될 예정이었다. 마지막 며칠은 정호를 위해 따로 떼어놓았다. 정호는 인기 있는 관광지 몇 군데에 우리를 데리고 가고 싶어 했다.

오해를 풀기 위해서 정호는 그 이유를 형님에게 설명했다. 나는 경길이 우리의 생각에 완전히 만족했으리라고 믿지 않는다. 한국 관습들이 결정을 내리는 데 있어 우리에게 중요했지만, 그 당시에는 여행의 편리성이 형님의 감정보다 더 중요했다. 나는 현실적인 사람이었다. 형제자매들 및 그들의 가족과 실제로 친해질 수 있는 시간이 단 두 주밖에 없었다. 모든 사람들과 장소들을 둘러볼 시간이 제한적이어서 시간 운영이 우리에게 중요했다. 이것이 사소한 문제이기를 나는 희망했다.

우리는 교통수단과 통역에 대해 걱정을 했다. 정호가 우리의 개인 가이드, 운전사 그리고 통역사가 되어 주기 위해 그의 휴가를 비축해 두었다고 말했을 때 우리는 너무 기뻤다. 서울에 호텔이 너무 많아서 인터넷으로 방을 예약하려다가 우리는 혼란에 빠졌다. 그 상황을 정호랑 의논했더니 정호는 기꺼이 한국에서 첫날밤 머물 곳을 예약해 주었다. 그는 인터넷을 뒤져서 우리의 필요를 채워 줄 적당한 호텔을 찾았다. 그 호텔은 깨끗하고, 경제적이며, 좋은 곳에 위치하고 있었다. 특별히 그는 출장 중에 개별적으로 그 호텔을 방문하여 정말로 괜찮은지 확인까지 해 주었다.

2009년 9월 중순, 인천 국제공항에 도착했을 때 정호는 공항에서 우리를 기다리고 있었다. 그를 마지막으로 보고 나서 채 1년도 안 된 시점이었다. 이렇게 따뜻한 마음을 지닌 사람이 우리를 구해 주러 온 것을 보고 안심이 되었다. 두 주나 되는 자신의 휴가를 단지 석 달밖에 알지 못했던 누군가를 즐겁게 해 주고 도와주려고 헌신할 만한 어떤 다른 사람도 난 본적이 없다. 그는 특별했고 아주 훌륭한 사람이었다.

공항에서 그는 우리를 서울에 있는 호텔로 데려다주었다. 그 호텔은 5성급은 아니었지만 매우 깨끗하고 좋았다. 우리가 서울에 머무르는 동안 정호는 한국 지하철 체계가 내부적으로 어떻게 작동하고 있는지 보여 주었다. 지하 운송수단이 지속적으로 정확하게 기능하고 있다는 사실은 놀라웠다. 얼마나 복잡한지도 놀라웠고, 사람들이 A지점에서 B지점으로 가는 것이 너무 쉽게 보인다는 사실 또한 놀라웠다. 지하철은 모두 색깔별로 구분이 되어 있었다. 아내는 우리가 떠날 때쯤 벌써 그 시스템을 꿰뚫고 있었다.

지하철에 타기 전, ATM처럼 생긴 기계에 먼저 돈을 지불했다. 돈을 넣으면 그 기계가 탑승권을 내뱉었다. 지하철을 타려고 들어갈 때, 그 탑승권을 스캐너에 대면 그 입구를 지나갈 수 있게 해 주었다. 표를 받는 사람이나 돈을 받는 사람은 없었다. 만약에 목적지에 도착하기 전에 지하철에서 내려서 탑승권을 기계에 대면 차액을 반납해 주었다. 미국은 한국의 거대한 교통운송 시스템을 배워서 사용할 수 있을 것 같았다. 지하철 안에서조차 엄청 걸어야 했다. 이 나라에서 뚱뚱한 사람들을 많이 볼 수 없었다는 것은 당연했다!

지하철을 이용해서 우리는 서울에 있는 관광지 여러 곳을 방문했다. 화려한 전통 의식, 몇몇의 박물관, 대통령이 살고 있는 곳, 한때 왕과 왕비가 통치하던 궁궐들, 그리고 수많은 역사적인 명소들을 둘러보았다. 인디아나주 정도 크기밖에 안 되는 이 작은 나라는 역사가 아주 깊었지만 우리는 그것에 대해 배울 시간이 조금밖에 없었다. 제3세계 국가에서 가장 발전된 선진국의 하나가 된 그들의 발전은 그냥 놀라울 따름이었다.

모든 사람들이 휴대폰을 가지고 있는 것 같았다. 어디를 가든지 누구나 할 것 없이 휴대폰을 사용하고 있는 것을 볼 수 있었다. 한국 사람들은 그것을 '핸드폰'이라고 불렀다. 단단한 암석으로 이루어진 산 속의 터널을 지날 때도 전화를 하고 받을 수 있었고, 절대로 통화가 끊기지 않았다. 미국에서는 그냥 방에서 걸어 다니는데도 통화가 끊기곤 했는데, 한국은 나라 전체가 케이블로 연결되어 있는 것 같았다. 며칠 동안 서울에서 휴식을 취하면서 관광도 하고, 정호를 만나면서 보냈다.

서울을 떠나기 전날 밤 우리는 짐을 싸서 정호의 차에 실었다. 그는 다음 날 호텔로 우리를 데리러 오겠다고 말했다. 그날 저녁 정호는 그가 살고 있는 대전으로 다시 운전해서 갔다.

다음 날 그가 나타났을 때 그는 우리에게 고속열차에 대해서 이야기했다. 그 기차는 한 시간에 320km의 속도로 나라 이곳저곳을 달릴 수 있다. 우리는 이 새로운 경험에 흥분되면서 무척 기대가 되었다. 일본과 유럽에 있는 고속열차에 대해 들어 보았지만 한국에서 실지로 타 보는 것은 너무 멋진 일이었다. 우리는 고속열차를 타기 위해 지하철을 타고 서울역으로 이동했다. 서울역은 아주 인상적이었는데 발전된 기술을 지닌 고속열차 뿐만 아니라 일반적인 기차들도 탈 수 있는 곳이었다. 그곳은 관광객들을 위해 멋지게 꾸며 놓은 큰 공항 같았다. 현대식 매장들, 비싼 식당들, 그리고 패스트푸드 식당 등 모든 부대시설들을 갖추고 있었다. 크로거나 알버트선과 비슷한 큰 식료품 가게도 있었다.

고속열차는 최신식이었고, 기차 안은 완전히 현대식이었다. 좌석은 부드럽고 편안했다. 기차가 속도를 내기 시작하고, 승객들이 자리를 다 잡았을 때 제복을 입은 승무원이 다양한 음료와 간식거리를 담은 카트를 가지고 왔다. 비행기에 승무원들이 있는 것과 비슷했다. 내가 앉아 있는 곳에서 앞쪽을 보니 속도를 표시하는 큰 화면이 그 기차가 얼마나 빠르게 달리는지 알려 주고 있었다. 때때로 비행기에서 경험하는 것처럼 귀가 멍하곤 했다. 기차는 매우 순조롭게 움직여서 얼마나 빠른지 느낄 수가 없었다. 보통 차로 대전을 갈 때는 3시간 정도 걸리지만 고속열차로는 한 시간 정도 걸린다. 한 시간에 320km를 이동하는 것은 아주 흥미로운 경험이었다.

정호는 그날 아침 일찍 대전에서 서울로 오는 기차를 타면서 차를 대전역에 주차해 두었다. 따라서 우리가 역에 도착했을 때 이용할 수 있는 교통편이 우리를 기다리고 있었다. 놀라우면서도 기분이 좋았다. 정호의 차는 넓어서 공간이 아주 많았다. 거기서부터 한 시간 정도 떨어진 공주로 차를 타고 갈 예정이었다. 공주로 가기 전에 우리는 코스트코에 들렀다. 그렇다. 한국에 있는 코스트코. 나는 한국 사람들이 얼마나 술을 좋아하는지 알기 때문에 미국산 술을 좀 샀다. 차를 타고 가면서 본 바깥 풍경은 아름다웠고 사방이 산으로 둘러싸여 있었다. 고속도로만 예외였다. 우리는 남동생을 만나고, 그의 가족과 함께 며칠을 보내기 위해서 가는 길이었다.

이번에 처음으로 내가 태어난 도시를 실지로 볼 수 있는 기회를 가질 수 있게 되었다. 길거리를 활보하면서 건물들과 사람들을 볼 수 있을 테고, 과거에 대해서 배우고, 아마도 가족사에 대해 좀 알게 될 수 있을 것이다. 남동생 집에서 머무르면서 내가 61년 전에 태어난 도시를 방문하게 되는 이 일은 나에게 있어서는 역사적인 순간이었다. 등골이 오싹하면서 닭살이 좀 돋는 느낌마저 들었다. 잘 알지 못했던 남동생과 실지로 앉아서 이야기를 하게 되리라. 그가 어떤 생각을 하고 있는지, 어떻게 느끼고 있는지, 나를 어떻게 받아들이는지 궁금했다. 난 그의 부인이 한 요리를 먹게 될 것이다. 그의 가족과 한자리에 앉아서 그의 37세와 35세 된 두 아들과 32세 된 딸과 5명의 손주들에 대해 좀 더 알게 될 것이다. 경운과 그의 아내 엄경자는 결혼한 지 38년이 되었다. 이 얼마나 색다른 느낌인가!

나의 제수씨인 엄경자는 우리를 위해 멋진 저녁식사를 준비했다. 우리가 이야기를 하고 있는 동안 그녀는 부엌에서 마술을 부리고 있었다. 여러 가지 재료를 함께 섞어서 순수하게 집에서 만든 한국 음식의 경이로운 냄새를 창조해 내고 있었다. 집 구석구석에서 그녀가 만든 음식에서 나는 향신료와 맛있는 냄새를 맡을 수 있었다. 대부분의 냄새들은 잘 알지 못하는 것들이었지만 일단 냄새를 맡고 나면 집착하게 되고, 좀 더 먹고 싶어지게 되었다.

그 집은 21평 정도 돼 보였다. 아주 작았는데 3개의 침실, 작은 부엌이 하나, 작은 거실 그리고 작은 화장실이 있었다. 방마다 가구들이 들어가 있는 미국 집들과는 다르게 가구라고 할 만한 것들이 없었다. 집은 작았지만 가구가 거의 없어서 손님을 접대할 수 있는 여분의 공간을 확보할 수 있었다. 방 하나에는 작은 트윈 사이즈 침대가 있었고, 부엌에는 아주 작은 식탁이 하나 있었다. 대부분의 이불은 낮 동안에는 안방에 있는 장롱에 따로 보관되어 있다가 밤에 잘 때 바닥에 펴졌다. 집이 아주 작았기 때문에 기분을 좋게 만드는 음식 냄새가 오랫동안 우리를 즐겁게 하면서 집 안에 머물러 있었다. 모두 바닥에 둘러앉아서 먹었고 난 생전 처음으로 집에서 만든 한국 음식을 맛보았다. 나의 미각 세포는 한 입 한 입 먹을 때마다 기쁨의 환성을 터뜨렸다. 그 저녁식사는 정말로 멋진 접대였다.

훌륭한 식사 후에 거실에 함께 앉았을 때 우리를 만나러 남동생의 자녀들이 왔다. 자녀들은 한 명씩 아내와 나에게 큰절을 했다. 우리는 놀라서 어찌할 바를 몰랐다. 그들은 선 자세에서 고개를 숙이고, 무릎을 꿇으면서 아래로 내려가서 바닥에 머리가 닿을 때까지 상체를 구부렸다. 이 큰절을 한 번하고 반을 더 했다. 자녀들이 끝나자 손주들도 그 의식을 반복했다. 매우 감격스러운 순간이었다. 이 큰절은 새롭게 찾은 큰아버지와 큰어머니에 대한 존경의 표시라고 정호가 설명해 주었을 때 내 눈은 눈물로 가득 찼다.

새롭고 낯선 나의 가족들과 매우 어색할 것이라고 생각했었는데 내 기억 속에 남아 있던 남동생과 그의 가족들이 내 집처럼 편안하게 느낄 수 있도록 해 주었다. 그들이 쓰는 말을 하지 못한다는 것 외에 모든 것이 완벽해 보였다.

정호는 내가 질문하는 것과 남동생이 대답한 것을 모두 통역해 주었다. 그날 밤, 나는 몇 년 후에 그도 고아원에 보내졌다는 것을 알게 되었지만 얼마나 오래 거기에 있었고 몇 살에 보내졌는지, 거기서 어떻게 지냈는지 등 고아원에 대한 구체적인 경험들은 많이 듣지 못했다. 그는 7살이 될 때까지 형제자매들이 있는지 몰랐다고 했다. 감회가 깊었다.

경운은 다음 날 할아버지 묘를 보러 갈 것이라고 귀띔해 주었다. '우리 할아버지?' 지금까지 난 단지 어머니, 아버지, 형제자매들에 대해서만 생각을 했지, 조부모에 대해 생각해 본 적이 없었다. 우리 가족의 역사에 대해 앞으로 발견하게 될 새로운 사실들이 훨씬 더 많을 것 같았다.

그날은 2009년 10월 13일, 공주에 있는 경운의 집에 머무른 지 이틀째 되는 날이었다. 수면제를 복용했는데도 나는 잠을 잘 못 잤다. 새벽 3시 30분에 일어나서 오랫동안 다시 잠자리에 들 수 없었다. 결국 새벽 5시 30분쯤에 잠이 들었는데 겨우 한 시간 뒤에 다시 깼다.

경운과 나는 그날 아침 일찍 숲을 지나서 언덕까지 한참 걸었다. 도시가 내려다보이는 시골 풍경은 아름다웠고, 모든 것들이 매우 평화롭고 고요했다. 유일하게 들을 수 있는 소리는 멀리서 개 짖는 소리였다. 동생에게 아무 말도 할 수 없는 것이 약간 거북했는데 그는 마치 내가 한국말을 알아듣기라도 하는 듯 거리낌 없이 말했다. 그는 계속해서 이야기했고, 나는 무슨 의미인지 알아내려고 노력하면서 그리고 모음 소리를 머릿속으로 따라하려고 애쓰면서 경청했다.

　동생과 나는 산을 통과하여 도시의 다른 쪽으로 나와서 걸음을 멈추었고, 그는 어떤 집을 가리켰다. 그 집 옆에는 잘 가꾸어진 야채밭이 있었다. 그 밭을 가리키면서 경운은 거기가 우리 '아버지'가 묻혔던 곳이라고 말했다. 내가 아직도 기억하는 몇몇 단어가 있다. 한국말로 아버지는 'father'를 의미한다. 도시 발전 때문에 무덤이 파헤쳐졌고, 아버지의 뼈는 화장되었다고 말했다. 나는 멍하니 그 장소를 응시했고, 내 연약한 부분들이 다시 나타나기 시작했다. 감정이 나를 지배하기 시작했다. '그럼 여기가 오래전 기억 속에서 남동생이 울면서 어머니 다리에 매달리던 그 장소였어.' 내 눈은 눈물 때문에 붓기 시작했고, 나는 숨을 깊이 내쉬어야 했다.

　우리는 좁은 길을 따라서 계속 걸어갔다. 가다가 잠깐 멈추더니 그는 나에게 우리 어머니에 대해서 이야기했고, 그가 어렸을 때 어머니 가슴에 매달려서 젖을 빨아먹었던 이야기를 해 주었다. 한국말로 이야기했지만 나는 그가 한 말의 대부분을 이해했다. 우리 대화에는 많은 손짓과 몸짓이 사용되었다.

　남동생은 내가 너무 많이 울었다고 말했다. 그의 말이 전적으로 옳았다. 나는 감성적인 사람이다.

　가족들은 오전 10시쯤에 음식과 술을 넣고 짐을 꾸리기 시작했다. 경운의 작은 아들이 집에 와서 그의 밴에 우리가 꾸린 짐을 싣기 시작했다. 알마와 나는 아이스박스에 넣은 음식 때문에 소풍을 가는 것이라는 생각을 했지만 그 전날 할아버지 무덤에 간다고 했던 것이 기억났다.

　정호는 이 방문에는 우리와 같이 하지 않았다. 그는 오후 늦게 그 집으로 오기로 했다. 난 몇몇 한국 단어를 알고 있었고, 세계 공용어인 손짓 발짓으로 하는 언어를 이해할 수 있는 것 같았다. 우리는 의사소통을 할 수 있었고, 남동생이 나에게 하는 말을 이해할 수 있었다. 최소한 나는 마치 이해한 것처럼 머리를 끄덕이고 그의 동작들에 반응했다.

한 시간 반쯤 운전해서 간 후에 우거진 산중턱에 있는 좁은 흙길로 들어섰다. 우리는 그 꼬불꼬불한 길을 15분에서 20분 정도 운전해서 갔다. 차가 멈추고 아이스박스와 돗자리를 차에서 내렸다. 집도 없고, 다른 사람들도 없었고, 오직 아래쪽의 논들과 풍경들이 내려다보이는 평화로운 산의 경관만이 펼쳐져 있었다.

경운은 아들에게 아이스박스를 운반하게 하고, 산봉우리로 올라가는 길로 우리를 안내했다. 나머지 사람들은 모두 따라갔다. 무덤에 도착하더니 비석 앞에 매트를 깔았다. 그들은 부드러운 손길로 정성들여 잡초와 무덤 위에 자라고 있는 풀들을 뽑았다. 경운은 사과, 배, 대추 등의 과일과 말린 오징어를 펼쳐 놓았다. 한국 사람들이 매우 좋아하는 쌀로 만든 술인 소주도 몇 병 갖고 왔다. 그는 소주 반잔을 따라 무덤 위에 뿌렸다. 그러고 나서 과일을 자르고 오징어를 찢어서 정중하게 무덤 위로 던졌다. 이 의식이 끝나자 그는 내게 돗자리 앞에 서서 그가 하려는 것을 따라 하라고 했다. 돗자리 앞에 서서 우리는 무릎을 꿇고 땅 위에 놓여 있는 돗자리에 머리가 닿을 때까지 몸을 숙였다. 이 격식을 갖춘 절을 하면서 나는 겸손함과 경외심을 느꼈다. 우리는 이 절을 두 번하고 반을 더 했다. 우리가 의식을 끝내자 아내와 제수씨가 그 의식을 반복했다. 그 다음에는 그의 아들도 반복했다. 나는 죽은 사람과 산 사람에게 예의를 갖추어서 하는 절이 다르다는 것을 알지 못했다.

"죽은 사람들에게는 절을 두 번하고 반을 더 하고 산 사람에게는 한 번하고 반을 더 해야 합니다."라고 정호가 나중에 차이점을 알려 주었다.

"남자는 왼손을 오른손 위에 포개어야 하고, 여자는 오른 손을 왼손 위에 두어야 하며, 절을 하면서 아래로 내려갈 때 이마가 손등에 닿아야 합니다."

나는 그들의 존경심은 이해하지만 살아 있는 사람과 죽은 사람에게 절하는 방식에 대해서는 잘 알지 못한다. 이것은 서로 반대편을 보완해 주는 동양의 '음양 철학'과 관련이 있다. 이 존경의 표시는 수세기 동안 한국의 전통이 되어 왔다. 나는 그들의 전통, 문화, 그들의 겸손함 그리고 그들의 헌신을 존중한다.

이 무덤이 100년 이상 되었다는 것과 증조할아버지의 묘라는 것 이외에 놀랄 만한 사실은 비석에 형제들의 이름들과 함께 내 한국 이름도 새겨져 있었다는 것이었다. 나는 너무 놀라서 머리가 하얘지면서 할 말을 잃어버렸다. 너무 감동해서 마비가 된 느낌이었다. 일어날 수 없는 일이었다.

'비석에 내 이름이 있어. 그들은 결코 나를 잊지 않았어.'

우리는 그 무덤에서 약간 떨어진 곳으로 걸어가서 또 다른 무덤에 다다랐다. 이 무덤에도 비석이 있었다. 우리는 잡초가 무성하게 나 있는 무덤을 정리한 후에 그 거룩한 예식을 되풀이했다. 이것은 할아버지 묘였다. 그 비석에도 역시 두 형제의 이름뿐만 아니라 내 이름도 적혀 있었다. 그것은 80년이 넘은 묘였다. 겸허함과 감동이 끊이지 않는 것 같았다. 난 그저 "어떻게 그들이 나를 기억하고 있을 수 있었단 말인가?"라고 외치고 싶었다.

이 무덤들은 산 중턱에 위치해 있었다. 산 아래 골짜기에서 황금빛으로 변하기 시작하고 있는 논들의 그림같이 아름다운 풍경은 우리 조상들이 평안히 잠들기에 완벽한 환경처럼 보였다. 조용하고 평화롭고 확실하게 시끄럽고 번잡한 도시의 소음으로부터 멀리 떨어져 있었다.

할아버지들에게 경의를 표한 후에 우리는 계속해서 서쪽을 향해 갔다. 우리는 물고기를 잡아 생계를 유지하는 어촌 마을이 있는 서해안에서 멈추었다. 그 어촌 시장에서 본 광경은 미국에서는 결코 경험할 수 없는 것들이었다. 소금기 있는 바다 냄새와 물탱크에서 아직 살아 움직이는 다양한 물고기들은 잊지 못할 광경이었다. 많은 사람들이 잡은 물고기를 팔 손님을 끌려고 애쓰고 있었다. 우리가 떠나기 전에 남동생의 아내인 경자는 그날 저녁을 준비하기 위해 큰 새우를 샀다. 그날은 감동과 기념할 만한 일들로 가득 찬 하루였다.

2009년 10월 14일은 빨리 왔다. 나는 몇 시간 동안 바닥에 깔린 이불에 누워 있었다. 또 한 번 잠 못 이루는 밤을 보내고, 그날 아침 6시 30분에 일어났다. 우리는 밥, 김치 그리고 다양한 나물들로 구성된 전통 한국식 아침 식사를 했다. 남동생과 나는 남동생의 손자가 다니는 학교로 걸어갔다. 학교로 들어가기 전에 아이들은 두 줄로 섰다. 각 줄에 있는 선생님들은 아이들이 그 당시에 유행하던 독감에 감염되었는지 알아보기 위해 귀로 체온을 확인했다. 감염의 징조가 보이면 학교에 들어가지 못했다.

이 여행을 계획하면서 나는 정호에게 불가능한 일을 가능하게 만든 시청 직원 미스터 리와 은행직원 윤소현 씨를 만나고 싶다고 말했다. 그들을 좋은 식당에 데리고 가서 개인적으로 감사를 표시하고 싶었다. 점심식사 전에 경운과 제수씨, 나와 알마 넷이서 오랜 시간 동안 공주시에 있는 산을 등반했다. 역사적인 요새가 고대 전쟁의 오랜 역사를 지닌 채 산 속에 보존되어 있었다. 산꼭대기에서 내려다본 도시는 꽤 훌륭했다. 금강이

성을 보호하는 해자처럼 그 도시를 보호하고 있었다. 금강은 그 아름다움으로 인해 '비단 강'이라 불린다. 산에서 본 광경은 너무 멋있었다. 많은 집들과 상업 건물들이 산 중턱에 지어져 있었다.

한참을 걷고 나서 우리는 드디어 시내 중심가로 내려갔다. 너무 힘들어서 택시를 타고 시청으로 갔다. 나는 미스터 리를 다시 만나게 되어 기뻤다. 남동생이 시청에 있는 그를 만나 점심식사를 할 수 있도록 미리 약속을 잡아 놓았다. 이 키가 크고 신사적인 한국 남자는 알마와 나를 보고 무척 기뻐했다. 그는 매우 진실되고 겸손한 사람이었다. 내가 작년에 제대로 된 사람을 만난 것이었다. 우리는 모두 그의 차에 타고 좀 늦은 점심을 먹기 위해 멋진 식당으로 갔다. 그 점심은 우리가 여행 중에 늘상 대하던 여러 가지 고명들, 화려한 색깔을 가진 미지의 음식들로 가득 찬 식사였다. 거기에는 우리가 먹을 수 있는 것보다 더 많은 음식들이 있었다. 각각의 음식에서 나는 향기는 꿀잠을 잔 것보다 더 기분이 좋게 만들었다. 점심을 먹고 작별 인사를 하기 전에 나는 미스터 리에게 텍사스 티셔츠와 시계를 선물로 주었다. 그도 나에게 한국 국보 중 하나의 모조품을 선물로 주었다. 은행에서 일하던 그 여자 분에 대해 물었더니, 대전으로 근무지를 옮겼다고 했다.

그날 나머지 시간은 금강 주변을 따라 걷고 자전거를 타면서 보냈다. 강둑을 따라 여러 가지 다른 모양으로 정성스럽게 가꾸어진 여러 가지 꽃들의 색깔은 믿기 어려울 정도로 아름다웠다. 자전거들은 공짜로 이용할 수 있었다. 도시 전체가 그 자체로 아름답고 시골 같은 분위기를 갖고 있었다. 거기서 태어난 것이 자랑스러웠다.

그날 오후 늦게 그 고통스런 보행과 등산을 끝내고, 미스터 리와 기분

좋은 점심을 먹고 휴식을 취하고 난 후에 사촌 박송혁과 그의 아내가 남동생 집으로 우리를 데리러 왔다. 나는 송혁이 누구인지 확실히 몰랐는데 나중에 공주에 살고 있는 가장 나이가 많은 사촌이라는 것을 알게 되었다. 2008년에 그를 만났었다.

　가족과의 첫 번째 만남에서는 감정이 매우 격해 있었다. 그 짧은 기간 동안 내가 만난 모든 사람들과 그들의 얼굴들, 이름들 그리고 그들이 나와 어떻게 관련이 있는지 이해하기는 어려웠다. 우리는 그의 차에 끼여서 올라탔다. 경운, 경자, 알마, 나, 송혁과 그의 아내는 논 사이를 가로지르며 시골길과 산으로 들어가는 오르막길을 한 시간 정도 차를 타고 갔다. 수많은 지역 주민들과 관광객들이 거기서 등산을 하고 있었고, 양쪽 길에는 줄지어 늘어선 노점상들이 있었다.

　차를 주차하고 좁은 길을 걸어서 어떤 건물에 있는 한 식당에 도착했다. 우리는 큰 방으로 안내되었다. 큰 상 하나가 먼지 하나 없이 깨끗한 마룻바닥 위에 놓여 있었다. 우리 팀과 다른 손님 몇 팀이 앉아서 귀족들에게나 어울릴 만한 특별한 음식으로 대접받고자 기다리고 있었다. 몇몇 음식은 옛날에는 왕과 왕비들만을 위해 준비된 것들이라고 말했다.

　조금 지나자 그들은 식탁에 자리가 없을 때까지 계속해서 음식을 가져다 놓았다. 그것은 마치 알록달록 아름다운 색깔들을 지닌 반찬들의 화려한 전시장 같았다.

　식탁에 차려진 음식들의 향기도 훌륭했다. 상상조차 할 수 없을 음식들! 대부분의 음식 냄새는 우리가 전에 먹어 봤던 음식들과 달랐다. 나는 음식 하나하나에 무엇이 들어 있는지 물어보려고 노력했다. 그들은 질문마다 대답을 해 주려고 노력했고 나는 그들이 말한 것을 이해한 것처럼 웃으면서 머리를 끄덕였다. 말없이 손짓으로 표현하는 언어는 대부분의 경우 명확하게 의미가 전달되었지만, 때때로 나는 그들이 무슨 말을 하는지 전혀 이해하지 못하기도 했다. 어쨌든 몇 가지 설명은 이해했다. 각각의 음식에 대해 자세한 설명을 하고, 내가 이해했다는 데에 만족한 후에 그들은 그저 나를 쳐다보고 웃었다. '정호가 여기에 있었으면 좋았을 텐데.'

그들은 마치 그것이 우리의 마지막 만찬이라도 되는 것처럼 계속해서 더 많은 음식을 우리 앞에 내놓았다. 내가 본 적도 들은 적도 없는 해산물도 있었다. 한국 다른 지역에서는 볼 수 없고, 당연히 미국에서도 찾을 수 없는 다양한 야채들이 있었다. 이 지역의 산에서만 발견되는 뿌리들도 많았다. 태어나서 처음으로 내 미각이 입안에서 살아나는 것처럼 느껴져 한 입 한 입 먹을 때마다 미소가 절로 나왔다. 모든 것이 좋았다. 물론 알마가 먹을 수 있을 만한 음식을 골라 주기 위해 사전 시식도 해야 했다. '얼마나 멋진 식사인가! 얼마나 멋진 접대인가!'

식당에서 돌아온 뒤에 정호가 집으로 왔다. 우리는 모두 바닥에 앉아서 이야기했다. 나는 가족에 대해 묻고 싶은 질문들이 아주 많았다. 몇 가지 질문들은 좀 민감한 것들이어서 그들은 머뭇거리면서 대답했다. 우리 형제들의 관계는 그다지 좋지 않았다. 남동생의 아내 경자는 그런 불화가 생기게 된 원인을 얘기하면서 눈물을 흘렸다. 정호가 대화를 통역해 주었지만 난 여전히 그들 사이에 존재하고 있는 긴장관계의 원인을 잘 이해하지 못했다.

한 가지 이유는 할아버지와 증조할아버지의 묘와 관련이 있었다. 일반적으로는 그 가족의 장남이 묘지를 돌보는 것이 관례였다. 고모께서 돌아가시기 전에 형에게 묘를 책임지고 돌봐 달라고 부탁했으나 거절당했다. 지난 32년 동안 남동생과 그의 가족이 묘를 돌봐 왔다.

"어떻게 그렇게 오래된 무덤의 비석에 우리 이름이 새겨져 있을 수 있나요?"

내가 경자에게 물었다.

아버지의 여동생이 돌아가시기 전에 두 무덤에 비석을 세웠다고 그녀가 설명했다. 두 개의 비석 모두 55년 전에 세워졌다고 말했다.

"왜 내 이름이 비석에 있나요?"

"한국 가족들이 집안 남자들의 이름을 비석에 새기는 것은 관습이에요."라고 그녀가 말했다.

정호는 가정의 불화에 대한 경자의 설명을 통역했고, 나는 다시 감정에 휩싸이지 않을 수 없었다. 눈물이 흘러나왔다. 할아버지 시대에는 부자들만이 무덤에 비석을 세울 만한 돈이 있었다. 비석을 세우기 위해 우리 고모는 틀림없이 엄청난 희생을 했을 것이다. 영광스럽고 겸허해지는 것을 느꼈다. 어떤 단어로도 이 경외와 놀라움에 떨리는 감정을 표현할 수 없으리라.

"아버지의 가족은 모두 돌아가셨어요."

그녀가 말했다.

"그의 여동생이 가족 중 마지막으로 남은 사람이었어요."

지금까지 알게 된 사실만으로도 놀라웠는데 그녀는 어머니에 대한 훨씬 더 놀랄 만한 정보를 계속해서 이야기해 주었다.

"당신의 어머니는 다섯 번 결혼했어요!"

나는 내 귀를 의심하지 않을 수 없었다. 내 머리는 묻고 싶은 질문들로 진동하고 있었다.

"그녀에게는 아들, 딸 한 명씩 두 명의 아이들이 더 있었어요. 그들은 모두 입양되었어요. 한 명은 미국 가족에게 입양되었고, 나머지 하나는 한국 어딘가에 입양되었어요."

"그들이 누군지 아세요?"

나는 질문했다.

"그들과 연락하나요?"

"아무도 그들이 어디에 있는지 알지 못해요."라고 경자가 말했다.

짧은 대화 후에 이러한 것들이 상처가 되는 주제여서 그들이 더 이상 이야기하고 싶어 하지 않는다는 것을 깨달았다. 따라서 더 이상의 정보를 캐내려고 하지 않았지만 여전히 난 더 많이 알고 싶었다.

정호의 통역으로 대화를 나누는 동안 혼자 생각했다. '우리 어머니의 남편들은 죽었을까? 아니면, 이혼했을까? 우리 어머니와 형제자매들과의 관계는 정말로 그렇게 나빴을까?' 어머니는 말할 필요도 없이 참으로 힘든 세월을 보냈을 것이다. 온몸이 긴장되면서 불안감을 느꼈고 어머니가 겪어야 했던 일들에 대한 슬픔, 죄책감, 무기력함으로 감정들이 요동쳤다. 그 고통의 세월 동안 나의 형제자매들이 겪었을 시련과 고난을 생각하면서 난 완전히 망연자실했다. 이 역경의 시기에 홀로된 어머니가 아이를 키우면서 사는 삶이 얼마나 지독했을까? 우리 형제자매들에게는 또 얼마나 힘든 시간들이었을까?

시간이 점점 늦어졌다. 정호는 대전으로 다시 운전해 가야 했다. 내일 다시 만나기로 했다.

천장을 응시하면서 바닥에 누워 잠을 청하는 동안 내 머리는 어머니의 불행과 살아남기 위해 그녀가 할 수밖에 없었던 일들에 대한 생각들로 가득 찼다. 동시에 형제자매들에 대해서도 생각하게 되었다. 갑자기 내 삶이 그다지 나쁘지 않았다는 것을 깨닫게 되었다. 나는 '운 좋은 사람들' 중의 하나였다. 오, 그들은 얼마나 큰 고통을 감당해야 했던 것인가! 어떤 다른 사건이나 환경들이 형제들 사이에 그런 불화를 만들 수 있었을까? 죄책감이 들었다. 내 눈은 눈물로 가득차기 시작했고, 난 잠이 들었다.

다음 날 아침에도 일찍 일어나서 조카의 아들 학교로 같이 걸어갔다. 남동생의 맏아들은 이혼을 해서 서울 근처 수원에서 살고 있었다. 경운과 그의 아내가 8살쯤 된 손자를 키우고 있었다. 그날은 남동생과 그의 가족들이랑 잠깐 동안만 같이 있기로 되어 있었다. 그날 오후에 형님의 둘째 딸이 알마와 나를 데리러 왔다.

'어떻게 하면 그들의 위신과 자존심에 직접적인 상처를 주지 않으면서 솔직하게 물어볼 수 있을까? 그들의 일상생활을 방해하지 않고, 심리적 안정을 유지하게 하면서? 나는 이러한 예민한 문제들을 한국사회에서는 어떻게 다루는지 알지 못한다. 어떤 식으로든 그들의 기분을 상하게 하고 싶지 않다.' 그들이 나와의 재결합을 후회하게 되는 걸 원치 않았다. '이 적대감이 얼마나 오래 지속되었던 것일까? 서로 미워하는 감정들이 얼마나 깊게 뿌리가 내려져 있는 걸까? 그들 사이의 불화를 없앨 방법이 없을까?' 우리 형제들을 다시 잘 지내도록 하기 위해 내가 할 수 있는 일이나 말할 수 있는 것이 있을지 궁금했다. 매우 슬펐다.

난 형의 70번째 생일을 축하하기 위해 여기에 왔다. 가족들과 연대감을 형성하고, 즐겁게 지내기 위해 왔지만 또한 떠나기 전에 우리 가족의 과거와 그들의 관계에 대해 알고 싶었다.

머나먼 여정

짧았던 공주 남동생 집 방문이 나에게 많은 것을 깨닫게 해 주었다. 형제들 사이의 갈등에 관해 들으니 가슴이 아팠다. 어머니의 결혼들에 대해 듣는 것도 고통스러웠다. 이 여행은 내가 가족과 다시 연결될 수 있도록 가족의 역사를 최대한 많이 이해하는 것을 목적으로 하고 있었다. 54년의 이별을 두 주 안에 따라잡고 싶었다.

10장
여행은 계속 된다

대전에 있는 형 집에 가는 데는 한 시간 넘게 걸렸다. 형 경길에게는 딸만 셋 있었는데 모두 결혼했다. 그에게는 5명의 손주가 있었다. 그날 밤 우리는 형님의 첫째, 셋째 딸과 그들의 남편들과 아이들을 만나기로 되어 있었다. 그 집에 도착했을 때 길자 누나가 있는 것을 보고 놀랐다. 그녀는 전에 봤을 때보다 더 늙고 피곤해 보였으며, 매우 말라보였다. 그녀는 67세였고, 아들 둘과 딸이 하나 있었다. 과부가 된 지 30년이 넘었다. 기대하지도 않은 누나를 만나다니 얼마나 멋진 날인가!

경길과 그의 가족은 작은 아파트에서 살고 있었다. 그 아파트는 약 20평 정도 되어 보였다. 두 개의 작은 침실과 모든 활동이 이루어지는 거실과 이어진 작은 부엌이 있었다. 이 거실에서 그들은 식사를 하고 친구들과 가족들을 접대했다. 여기가 모든 모임들의 중심지였다. 샤워 시설을 갖춘 작은 화장실도 있었다. 그들은 평상시에 부부가 사용하는 침대 방을 우리에게 주었다. 그 아파트에 다른 침대는 없었다. 다른 사람들은 모두 바닥에서 잤다. 길자 누나, 경길과 그의 아내 연순, 둘째 딸 현정, 그리고 그녀의 5살 된 딸, 모두들 바닥에서 잤고 우리가 있는 동안 이 아파트에서 함께 머물렀다.

　저녁 8시쯤에 정호가 그 집에 도착했다. 그를 보니 기뻤다. 정호가 도착하기 전에 이야기를 좀 나누었지만 대화의 많은 부분을 이해하지 못했다. 언어의 장벽이 어색한 분위기를 만들었고, 우드파일에서 처음으로 경험했던 좌절감이 기억났다. 정호가 오기 전에 여러 가지 단어들을 이해할 수는 있었지만 그 조각들을 함께 맞출 수 없었다. 우리는 다시 수신호와 손동작을 사용했다. 나는 몇몇의 단어들을 알아차렸고, 내가 그 의미들을 알아낼 때마다 그들은 모두 신나하면서 웃었다. 나는 확실히 한국 사람이라고 그들이 말했다. 반대로 그들은 몇몇의 영어 단어들을 알고 있었고, 우리 모두 두 가지 언어를 사용하면서 재미있는 시간을 보내고 있는 것처럼 보였다.

　나는 아버지에 대해서 물었다. '아버지에게 어떤 일이 일어났나요? 어떻게 살해되셨나요?' 나는 어린 시절 형과 누나가 겪었던 역경들에 대해서도 질문했다. 내가 아이들의 정원에 있었을 때와 같은 시기에 그도 그 고아원에 보내졌다는 것은 알고 있었다. 나는 형이 도망간 것으로 기억하고 있었다. 누나도 거기로 보내졌다는 사실은 몰랐다.

　"길자와 나는 고아원에서 여러 번 도망쳤어. 우리는 잡혀서 다시 그 고아원에 보내졌어."라고 경길이 말했다. 나와 함께 과거를 회상하면서 그의 목소리에서 화가 묻어 나오는 것을 느낄 수 있었다. 그가 이야기할 때 길자도 과거를 다시 경험하는 것처럼 보였다. 나는 그녀의 얼굴에 나타난 표정과 그녀의 눈에 서린 고통을 볼 수 있었다.

　"왜 도망갔어요?"

　"구타 때문에! 더 이상 참을 수 없었어."

경길과 길자가 고아원에서 보낸 시간들과 그들이 자라면서 경험했던 일들을 얘기해 주었듯이 그들이 겪었던 불운, 고통 그리고 정신적 충격들이 영혼 깊숙이 상처를 남긴 것은 분명했다. 그들의 눈을 들여다보면서 입양된 것에 대해서 죄스러움을 느끼지 않을 수 없었다. 나는 그들이 견뎌 내야만 했던 절망과 어려움들을 상상할 수조차 없었다. 그들에 비하면 나는 멋진 삶을 살아온 것처럼 느껴졌다. 마음이 좋지 않았다.

한 노인이 그 집에 같이 있었는데 그는 입양되기 전의 글렌다와 나를 알고 있었다고 말했다. 그도 그 고아원에 보내졌고, 형과 누나랑 2년 뒤에 도망쳤다고 했다. 그는 벼룩이 너무 많아서 도망쳤다고 했다.

나이가 좀 더 많은 약간 독특한 사람이 한 명 더 그 집에 있었다. 그는 57년 전에 나를 알고 있었다고 주장했다. 그는 매우 세련된 옷을 입고 있었다. 한량처럼 보였다. 모두들 그가 아버지께서 어떻게 살해되었는지 알고 있다고 말했다. 그는 살해 현장을 목격했다.

"너의 아버지는 마을에서 잘 알려진 사람이었어. 지역의 치과의사였지. 그 당시 마을은 훨씬 더 작았고, 모든 사람들이 서로 알고 있었지. 일본이 우리나라를 정복하고 마을을 장악했을 때 너의 아버지는 한국 사람들뿐만 아니라 수많은 일본 군인들의 치과 치료도 하도록 강요를 받았지. 일본 군인들은 그의 치료 기술을 이용했어. 일제강점기에 노예 상태로 있었던 사람들은 그들의 요구에 굴복하거나 죽거나 하는 것 외에는 선택의 여지가 없었거든. 우리는 시키는 대로 했어."

나는 한국 학교에서 받은 역사 수업과 자라면서 일본에 대해 들었던 것들을 통하여 이 일본 사람들이 얼마나 무자비하고 잔인했는지 알고 있었다. 아버지께서는 억압을 당하고 있었고, 살기 위해 원수들에게 치과 치료를 했을 것이다. 제2차 세계대전은 1945년 9월 2일에 끝이 났다.

그 노인은 거의 60년 전에 아버지의 목숨을 빼앗아간 비극적인 사건에 대한 기억을 더듬으며 이야기를 계속했다. 그는 마치 어제 있었던 일인 것처럼 과거를 회상했다.

"2차 세계대전이 끝난 지 6년째 되는 1951년 8월이었어. 현지 한국 경찰이 전쟁 기간 동안 일본 사람들과 어울린 것 때문에 너의 아버지를 심문하고 구속하려고 했어."

이 사람에 따르면 아버지는 현지 경찰들이 자기를 찾고 있다는 것을 알아채고 여동생 집에 가서 숨어 있었다고 했다. 이 노인은 경찰들이 아버지를 찾는다는 것을 알려 주려고 뛰어갔는데 그가 그 집에 도착했을 때 경찰들이 벌써 주위를 에워싸고 있었다고 말했다. 경찰들이 아버지에게 나오라고 외쳤고 그가 즉각 나오지 않자 총알로 그 집을 쑥대밭으로 만들면서 그를 죽였다. 그는 전쟁의 희생양이었고, 강압적인 명령에 복종한 것 외에는 일본 사람들과 어떤 연관도 없었다.

아버지가 어떻게 살해되었는지 듣고 난 후에 나는 한국 정부와 일본 사람들 모두에게 화가 났다. 난 그저 눈에 눈물이 가득한 채 말없이 가만히 소파에 앉아 있었다. 어떻게 그들은 아무 죄 없는 사람을 죽이고 수많은 생명을 앗아갈 수 있었단 말인가? 정부가 우리 가족에게 사과한 적이 있는지 의문스러웠다.

2009년 10월 18일은 경길의 70번째 생일이었다. 집안은 그의 생일을 준비하느라 매우 바삐 움직였다. 나의 아내를 포함하여 모든 여자들이 바빴다. 머리를 하러 미용실에 갔는데 원하는 머리 모양을 만드는 데 몇 시간이나 걸렸다. 여자들은 무척 들떠 있었다. 머리를 손질하는 데 가장 많은 시간이 걸렸다. 머리를 하고 나서 마스카라에서부터 시작해서 아이세도우, 립스틱과 오직 여자들만이 알고 애지중지하고 있는 것들에 이르기까지 다양한 화장품들로 화장을 했다. 나 또한 파티를 위해 준비를 했다. 내가 채비하는 데는 15분쯤 걸렸다. 왜 여자들은 그렇게 오랜 시간이 걸리는지 절대로 이해하지 못할 것이다.

나는 매우 화려한 한국 전통 의복인 한복을 입었다. 그 의복은 2008년 우리가 한국에 있을 때 선물로 받은 것이었다. 재단사가 만든 것처럼 이 옷은 믿을 수 없을 정도로 우리에게 딱 맞았다. 몸 치수를 측정한 적은 없었다. 그들은 단지 몇 시간 동안 우리를 만났었다. 우리가 여행을 하는 동안 그 옷이 만들어지도록 주문했고, 여행 마지막 날에 우리에게 선물로 주었다. 우리는 생신 잔치에 입을 수 있도록 한복을 가지고 오라는 말을 들었다.

가족 대부분이 전통적인 여성 한복이나 한복 바지와 저고리를 입었다. 여러 종류의 한복들에서 보이는 다양한 색깔들은 그 자체가 구경거리였다. 그것들이 얼마나 아름다워 보였던지. 여성들은 화장을 비롯하여 속눈썹에 거기다 멋 부린 머리까지 모두들 무대에서 공연하는 배우들 같았다. 놀랄 만한 변신이었다. 몇몇 가족들은 얼굴을 알아보지 못할 정도였다. 한복을 입지 않은 유일한 가족은 남동생과 그의 가족들이었다. 왜 그들이 이 아름다운 의상을 입지 않았는지 모르겠다. 손님들과 친구들을 포함하여 많은 사람들이 있었는데 그들도 전통의상을 입지 않았다. 한복을 입는 것은 손님들이나 가족들의 개인적인 취향에 따른 것 같았다. 가족 불화가 이것과 연관이 있을 수도 있었다. 다음에 내가 경운을 개인적으로 만나면 물어보리라.

이 파티가 성대한 축하 행사가 될 것이라는 사실은 의심의 여지가 없어 보였다. 가족들은 이 행사를 준비하는 데 많은 노력을 기울였다. 형님이 이 나이까지 건강하게 살아계신 것을 함께 축하하고 기념하기 위해 많은 사람들이 왔다. 형형색색의 아름다운 장식들과 군침이 도는 음식들이 화려하게 진열되어 있었다. 카메라와 비디오 장치가 모두 설치되어 있었다. 청량음료와 어른들을 위한 알코올이 든 음료를 포함하여 다양한 종류의 음료도 있었다.

파티의 하이라이트는 자녀들과 손주들이 가족 어르신들에게 큰절을 하는 의례적인 행사였다. 큰딸, 큰사위, 그리고 그들의 자녀들이 먼저 시작했다. 그들은 중간 통로로 내려와서 그들의 부모님, 남동생과 제수씨, 나와 아내, 길자와 이모님(어머니의 86세 된 여동생)이 함께 기다리고 있는 앞쪽으로 왔다. 우리는 모두 진열된 음식 뒤쪽에 서 있었다. 경길과 그의 아내는 중간에 서 있었다. 가족들이 입고 있는 밝고 화려한 한복의 자태들은 놀랄 만큼 아름다웠다. 모든 사람들이 얼마나 활기차 보였던지! 큰딸과 그녀의 남편이 전통적인 절을 하기 시작했다. 절을 한 후에 그들은 쌀로 만든 술인 소주를 작은 잔에 따라서 그 그룹에 있는 모든 가족들에게 돌렸다. 절은 계속되었다. 심지어 손주들도 절을 했다. 소주가 다 떨어졌을 때 우리는 모두 꽤 흥겨움을 느꼈다. 세 명의 딸과 세 명의 사위 그리고 5명의 손주가 절을 했다. 즉 한 명당 11잔을 마신 것이다. 소주는 24퍼센트 알코올을 포함하고 있다.

이 관례적인 의식을 행하는 동안 사진을 많이 찍었다. 얼마나 멋진 순간이었던가. 나는 이 의식과 자녀들이 어른들에게 보인 존경에 감격했다. 이러한 존경의 몸짓은 매우 감동적이었다. 다시 한 번 더 내 눈은 눈물로 가득 찼다. 나는 이 사람들을 거의 만나지 못했다. 원래 나는 그들에게 이 방인이었는데도 그들은 나와 내 아내를 인정해 주고, 평생 동안 알고 지내던 가족에게 보여 준 것과 똑같은 존경을 보여 주었다. 그들이 나에게 안겨 준 영광으로 인해 압도당했다.

파티 계획자들은 매우 훌륭했다. 파티를 책임지고 있는 두 여성분들은 철저하게 행사를 운영하고 있었다. 그들은 파티가 순조롭게 흘러가도록 했다. 끊임없는 음악소리와 계속되는 가족 구성원들의 소개가 청중들의 이목을 집중시켰다. 어른들은 그들의 주량보다 더 많은 술을 마셨지만 즐거운 시간을 보내고 있었다.

파티가 계속되면서 손님들과 가족들은 춤을 추고 노래방 기기로 노래를 불렀다. 한국 사람들은 노래와 춤을 좋아한다. 가족들은 한 명씩 마이크를 잡고 노래를 불렀다. 모두 다 노래를 매우 잘 했다. 그날 밤, 형이 젊은 시절에 노래 자랑 대회에서 1등을 했고 거의 전문적인 가수가 될 뻔했다는 사실을 알게 되었다. 춤추는 것을 좋아하는 나의 아내는 가족들과 함께 무도장에서 잊지 못할 시간을 보내고 있었다.

내가 누나의 가족들과 통로에서 이야기하고 있는데 파티 계획자 중의 하나가 오더니 나를 노래방 기기 앞으로 끌고 갔다. 부끄러움이 많은 나로서는 대중들 앞에서 노래를 할 리가 만무하지만 그들은 "못해요"란 답을 받아들이지 않으려 했다. 파티 계획자들과 다른 사람들의 강요에 못 이겨 나는 항복했다. 그들은 비틀즈의 'Yesterday'를 불러 달라고 했다. 이 노래가 내게 참 적절하다는 생각이 들었다. 알마는 용기를 북돋우어 주려고 내 등에 손을 얹고 옆에 서 있었다. 'Yesterday'를 부르니 가사의 일부분이 내 머릿속에서 생생하게 살아나는 것 같았다. "내 위에 걸려 있는 그림

자가 있어요 ······ 나는 숨을 곳이 필요해요······"

파티에서 사촌 영학과 그의 남동생이랑 이야기를 나누게 되었다. 대부분 가족에 대한 이야기였다. 정호가 우리의 대화를 통역해 주었다. 나는 어머니의 마지막에 대해서 질문을 했다. 그가 나에게 말해 준 것은 놀라우면서 당황스러웠다. 어머니께서 돌아가셨을 때 86세였다는 것은 알고 있었다. 2008년에 돌아가시기 전까지 어떤 병이나 통증도 없었다는 것도 들었다. 영학은 어머니가 돌아가셨던 날 밤 나의 형제들 중 누구도 그녀의 시신을 요구하거나 장례절차에 책임을 지려고 하지 않았다고 말했다. 영학의 남동생이 장례를 치렀다고 했다. 그녀는 화장되었다.

무척 화가 나고 슬퍼졌다. 무엇이 가족 사이에 그러한 불화를 초래했는지 알아내려고 노력하면서 이런 저런 생각들이 떠올랐다. 왜 그랬는지 알고 싶었다. '그들이 아주 힘겨운 삶을 살았다는 것은 알고 있지만, 왜 친어머니를 거절했을까? 그녀의 삶이 임종에서조차 자식들에게 거부당할 정도로 혐오스럽고 부끄러운 것이었을까? 왜 내 형제들은 어머니께서 자녀들에 의해서 영광스럽게 묻힐 그 마지막 인간적인 권리를 거부한 걸까?' 나는 형제들에게 그 이유를 물어보지 않았다. 실제로 그 불화의 원인을 알지 못했기 때문에 물어보는 것이 좀 거북하게 느껴졌다. 나는 그분이 어떤 어머니였는지 알지 못한다. '그녀는 우리를 고아원에 보낸 뒤에도 자식들이 자신의 삶을 비참하게 만들었다고 느꼈을까? 어머니가 우리 형제들의 삶을 지옥으로 만들었을까?' 5번 결혼한 사람은 아마도 삶에 문제가 있었을 것이다. 무슨 일이 일어났는지 형제들에게 다음에 물어볼 기회가 있으리라. '왜 그녀는 다섯 번 결혼했을까? 왜 그녀는 자신의 아들들에 의해 버려졌을까?'

난 머릿속으로 단편적인 정보들을 함께 모으려고 노력하면서 해답을 찾고 있었다. 가장 우려가 된 것은 그들의 인생에서 잊어버리고 싶어 하는 매우 고통스럽고 불편한 사건들을 다시 상기시키게 될지도 모른다는 것이었다. 절대로 새롭게 찾은 내 가족들에게 더 이상의 분열을 일으키고 싶지 않았다.

가족 문제들에 대한 이 모든 부정적인 생각들이 떠오르기 시작하면서, 내 과거가 순식간에 스쳐지나갔다. 다른 아이들이 부모 자식의 관계로 연결되어 있는 것을 보고 얼마나 부러워했던가! 얼마나 간절히 친어머니와 아버지를 만나고 싶어 했었던가! 이 얼마나 잔인한 상황인가!

파티가 끝날 때쯤 정호가 마이크를 잡더니 나에게 몇 마디 하라고 요청했다. 마이크를 잡자마자 벌써 말문이 막혀버렸다. 머릿속이 감정적인 생각들로 가득차서 파티를 넘어서서 꼬리에 꼬리를 물고 흘러가고 있었다. 흐르고 흘러 우리 가족의 뿌리에 대한 생각에까지 미쳤다. 우리가 어떻게 하여 헤어지게 되었고, 54년 뒤에 어떤 식으로 함께 만나게 되었으며, 어떻게 하여 지금 형님의 생일을 축하하기 위해서 함께 서 있게 되었는지. 내 생각은 과거와 현재, 내 인생의 모든 사건들, 나의 가족, 내가 전혀 알 수 없었던 어머니와 아버지의 죽음, 나의 형제자매들이 겪어야 했던 어려움들, 형제간의 갈등 사이를 헤매고 있었다. 우리의 여정이 매우 혹독했던 것은 명백하지만 우리는 한국에서 '중요한 시점'인 형님의 70번째 생신을 축하하기 위해 이 자리에 함께 모여 있었다. 우리 모두는 장애물들과 어려움들에도 불구하고 어떤 기적적인 개입에 의해 처음으로 하나로 뭉쳐지기 위해 그 어려운 길을 여행해 왔던 것이었다.

가족을 쳐다보니 눈물이 서서히 흘러내렸다. 말하고 싶은 것이 너무나도 많았다. 너무나도 많은 감정들이 내 안에 존재해서 그날 밤 모든 생각들을 논리적으로 정리해서 표현할 수가 없었다. 나는 그들과 함께할 수 있는 기회를 준 것과 오랜 세월이 지난 후에 가지게 된 이 드문 재결합에 대해서 가족에게 감사했다. 그들에게 내가 얼마나 흥분되고 행복한지 말했다. 모두들 매우 주의 깊게 내 말을 들었다. 나는 경길의 생일을 축하했고 모두에게 이 순간에 대해 감사했는데 눈물이 점점 더 많이 흘러내리기 시작했다. 나는 마이크를 정호에게 다시 건넸다.

정호는 내 비서가 쓴 편지를 읽어 주고 싶다고 말했다. 그가 그 편지를 읽어 줬고 나는 린이 쓴 글에 무척 감동을 받았다. 그녀는 누구나 자랑할 만한 모든 찬사들만 편지에 썼다.

"제 이름은 린 홀 알리입니다. 저는 지난 4년 동안 케네디 씨를 위해 일할 수 있는 영광과 특권을 누렸습니다. 존은 우리 동네에서 매우 존경받고 있습니다. 그는 텍사스 크기만큼 넓은 마음을 지녔습니다. 그는 내가 만난 사람 중 가장 인정이 많은 사람 중의 하나입니다. 저는 존과 여러분들이 서로 만나게 되어서 무척 기쁩니다. 가족 재결합을 축하하는 의미로 드리는 이 선물을 받아주십시오."

정호가 린에게서 온 편지를 읽을 때 나는 감정이 북받쳐서 눈물이 다시 흘러내리기 시작했다. 이제는 내가 얼마나 감성적인지 그리고 얼마나 쉽게 감정에 휩싸이는지 모두가 알고 있었다. 32년 넘게 나랑 같이 산 아내는 내가 가족의 비극, 사랑 이야기, 어떤 감동적인 순간들과 관련된 거의 모든 것들에 대해 심지어 만화를 볼 때조차 눈물을 보인다고 말할 수 있을 것이다. 그녀가 나를 놀리고 있는 것을 알지만 난 눈물과 감정을 감추려고 노력하지 않는다.

정호는 린이 준 선물을 열어서 보여 줬다. 나와 형제자매들은 한국말로 '우리 가족'이라고 새겨진 아름다운 나무 액자를 받았다. 선물을 받으면서 나는 떨리는 목소리로 정호에게 말했다.

"돌아가면 그녀를 해고할 거야!"

정호는 그냥 미소를 지었다.

파티는 오후 내내 계속되었다. 소중한 기억들! 영원히 간직할 순간들! 기적 같았고 신기했다. 참으로 잊지 못할 날이었다.

마치 파티장에서 배부르게 먹고 마시지 못하기라도 한 듯 경길의 집으로 돌아온 후에 전골냄비가 몇 개 방바닥에 놓이고 음식 준비가 시작되었다. 여자들이 다양한 종류의 고기, 야채 그리고 큰 새우를 가져와서 전골 냄비에 넣었다. 방금 자른 과일과 마른 과일, 회 그리고 촉수로 온 사방을 기어 다니는 살아 있는 낙지도 있었다. 좀 큰 낙지들은 다리를 잘라야 했지만 대부분은 소스에 찍어서 한 번에 먹을 수 있을 정도로 작았다.

모두들 이 연체동물을 즐겨 먹는 것 같았지만 아내는 이 별미에 질색을 했다. 어린 아이들도 이 생물체를 잘 먹었다. 입안에 촉수가 붙은 다리를 넣을 때 그것들은 문자 그대로 젓가락 주위를 둘러쌌다. 아내의 얼굴 표정을 보는 것이 너무 재미있었는데 그녀는 산 낙지의 미묘한 맛의 세계에 발을 들여놓으려고 하지 않았다. 그렇게 용감해지고 싶어 하지 않았다. 그녀는 상당수의 가족들 특히 어린 아이들이 이 뼈 없는 생물을 입안으로 쑤셔 넣는 것을 쳐다봤고, 낙지들이 입안으로 사라질 때 방향을 바꾸면서 꿈틀거리는 것과 가끔씩 입술에 촉수들이 딱 달라붙는 것을 보고 더 다양한 표정을 지으면서 얼굴이 일그러졌다. 모두들 그녀가 그 광경에 몸서리치는 것을 보고 즐거워했다. 너무나도 즐거운 시간을 가지면서 맘껏 웃었다.

그들은 산 낙지를 먹을 때는 촉수를 가진 다리들이 빨판을 이용하여 목 안에 달라붙을 수 있기 때문에 삼키기 전에 정말로 잘 씹어야 한다고 말했다. 낙지가 정력을 강화해 주기 때문에 몸에 좋다고도 했다. 모두들 나에게 먹어보라고 권했다. 나는 새로운 음식 먹는 걸 꺼리지 않는다. 어찌 되었건 정력을 얻기 위해서 무슨 도움이라도 받아야 할 필요가 있었다. 그래서 하나를 잡아서 소스에 찍었다. 내가 입에 넣으려고 낙지를 집어 올렸더니 8개의 다리가 내 뺨과 턱 위를 둘러쌌는데 낙지가 매우 화나 보였다. 마지막 다리까지 입 안에 쑤셔 넣었더니 그 낙지가 입 안에서 이쪽저쪽으로 움직이는 것이 느껴졌다. 나는 그 낙지를 최대한 빨리 씹어서 삼키려고 노력했다. 그것이 잘 씹히도록 주의를 기울였다. 낙지가 내 목 안에 달라붙을 기회를 주고 싶지 않았다. 일단 삼키니깐 그렇게 나쁘진 않았다. 정력이 솟는 것을 느낄 수 있었고, 아내에게 경고의 메시지를 보냈다!

그 다음 날, 알마와 나는 누나의 가족과 함께 수원이라고 불리는 도시에서 대부분의 시간을 보냈다. 수원은 대전에서 차로 한 시간 좀 넘게 걸리는 곳에 있었다. 누나의 딸인 내 질녀 정현순이 우리를 그녀의 고향으로 데리고 갔다. 누나의 아들 정윤교와 그의 아내 김춘분도 거기에 살고 있었다. 현순은 속도를 즐겼다. 아내와 나는 그냥 서로 쳐다보면서 꽉 잡고 있었다. 그녀가 속도를 줄인 유일한 때는 고속도로에 카메라가 설치되어 있다고 내비게이션에서 경고가 나올 때였다.

조카 정윤교와 그의 아내는 그들이 사는 아파트에서 만났다. 거기서부터 두 차로 나누어 타고 바닷가에 있는 식당으로 갔다. 바닷가는 지붕을 덮은 시장 안을 가득 메운 사람들로 붐볐다. 팔려 갈 준비가 된 너무나도 다양한 물고기들, 조개들 그리고 보기 드문 바다 생물들이 있었다. 식당은 2층에 있었다. 그들은 수족관에서 바로 꺼내서 즉석에서 준비된 회를 주문했다. 바로 먹을 수 있도록 준비된 최소한 15가지가 넘는 다양하고, 맛있는 음식들이 차려졌다.

그들은 하루 종일 우리들을 즐겁게 해 주었다. 우리는 섬유가 발전되기 전에 옷을 만드는 데 사용되었던 어떤 종류의 식물을 포함하여 몇 가지 재미있는 것들을 보았다. '모시'라고 불리는 식물은 5피트 높이까지 자랄 수 있었다. 우리는 금방 자른 식물에서 실을 뽑아내는 과정과 마술을 부리듯이 이 식물이 베틀에서 옷감으로 둔갑하는 모시의 생성과정을 보았다. 너무나도 놀라웠다.

이 아름답고 완벽한 날은 우리를 위한 날처럼 보였다. 우리는 활동을 즐기고 대화를 하면서 더 가까워졌고, 나는 이 낯선 사람들에게 더 편안함을 느꼈는데, 그들도 우리와 함께 있는 것에 좀 더 익숙해지는 것을 볼 수 있었다. 온종일 내내 매우 즐거웠다. 그날 늦게 우리는 군산(Gunsan, 미국에서는 Kunsan이라고 표기한다)에서 황해를 마주 보는 식당에 갔다. 여기는 내가 1973년에서 1974년까지 미 공군에서 사병으로 근무한 도시였다. 군산 공군 부대는 아직 거기에 있었다. 그 부대는 미국과 한국 사람들을 위해 전략적으로 중요한 부대였다. 그곳에 대한 좋은 추억들이 몇 가지 있었다.

우리는 이 식당에서 바다를 바라보면서 차를 마시고 그냥 이야기를 나누었다. 풍경은 낭만적이었고 매우 편안했다. 우리 조카는 그의 어머니가 아버지께서 돌아가신 뒤로 재혼을 하지 않으셨다고 말했다. 누나는 3명

머나먼 여정

의 자녀를 혼자 키웠다. 얼마나 힘겨웠을까? 이제 그녀에게는 두 아들과 운전 습관을 좀 고쳐야 할 아름다운 딸이 하나 있었다.

길자 누나는 더 이상 일하지 않았다. 자녀들이 생활비를 보탰다. 부모가 나이 들었을 때 자녀들이 부모를 돌보는 것이 한국의 관습이다. 내가 알기로 길자는 연금을 받고 있지 않았다. 오로지 자녀들에게 의지하고 있었다. 길자의 아들은 그녀가 어떤 종류의 병을 갖고 있다고 말했다. 난 어떤 병의 흔적도 볼 수 없었다. 같이 이야기를 나누면서 누나의 자녀들이 얼마나 마음이 착하고 진실된 지 알게 되었다. 누나의 아들 정윤교는 2012년에 그의 아내 김춘분과 그의 어머니를 모시고 미국에 오고 싶다고 말했다. 질녀 정현순도 미국을 방문하고 싶어 했다.

그날은 좋은 날이었지만 난 좀 우울했다. 누나가 35년 넘게 과부로 살아왔다는 것을 생각하니 마음이 슬퍼졌다. 경제적으로 힘든 시기에 세 명의 자녀를 키우는 홀어머니는 틀림없이 어마어마하게 큰 고통을 겪었을 것이다. 얼마나 힘겨운 순간순간들을 그녀는 견뎌내야 했을까! 그녀의 눈 속에서, 얼굴에서 그리고 작은 몸 안에서 그녀가 얼마나 힘겨웠는지 볼 수 있으리라! 얼마나 외로웠을까!

머릿속에 가족에 대해서 들었던 몇몇 사건들과 일들이 기억나기 시작하면서, 그들과 너무나도 동떨어진 느낌이 들었고, 더 멀어지고 더 무기력해지는 것을 느꼈다. 형제들 사이의 분열, 누나가 견뎌내야만 했던 외로움과 고통, 어머니의 죽음과 두 아들 모두에게 거부당하면서 어머니에 대한 마지막 존경의 예식이 행해지지 못한 것은 매우 슬펐다. 나는 아주 짧은 시간에 무척 많은 것들을 배웠지만 내가 모르고 있는 가족의 비밀이 더 많이 있다는 것을 알고 있었다.

조카와 질부에게 작별인사를 했을 때 질부가 눈물을 흘리면서 슬퍼하는 것을 보았다. 군산에서 대전으로 돌아왔을 때는 매우 늦었다. 그날 저녁에 가족들은 캘리포니아롤 같이 생긴 김밥을 만들었다. 그들은 다양한 해산물 요리와 새우와 문어를 넣은 한국식 팬케이크도 만들었다. 알마는 김밥 만드는 법을 배웠다. 그들은 알마가 가장 좋아하는 한국 음식인 잡채도 만들었다. 잡채는 다양한 야채와 고기를 전분으로 만든 투명한 면이랑 섞어서 만든 음식인데 참깨, 참기름 그리고 다른 양념들로 맛을 냈다. 또 하나의 성대한 만찬이 차려질 것 같았다.

한국 사람들이 열심을 내는 것 중에 하나는 먹는 것이었다. 그들은 하루에 세 번 성대하게 차려진 식사를 한다. 다시 한 번 이 나라가 비만인 사람으로 가득 차 있지 않다는 사실에 놀랐다.

그 다음날은 아내와 내가 작별을 고하기 바로 전날이었다. 모두 일찍 일어나서 인기 있는 쇼핑센터로 갈 채비를 했다. 그곳으로 가는 데는 버스로 넉넉히 40분 정도 걸렸다. 가게들은 대부분 지하에 있었다. 상상할 수 있는 모든 물건들이 그 시장에 있었다. 미국에서 찾을 수 있는 대부분의 것들이 여기에 존재했다. 휴대폰에서 옷, 보석, 전자제품 그리고 아이들을 위한 장난감까지 무엇이든 살 수 있는 곳이었다.

지상 거리에 있는 시장들은 조금 달랐다. 거기에서는 한국 전통 의복을 찾을 수 있었다. 모든 종류의 색깔을 지닌 아름다운 옷감들을 대부분의 가게에서 찾을 수 있었다. 이 가게들은 아름다운 담요들뿐만 아니라 특별한 날에 입는 한복도 팔고 있었다. 만약 그들이 적당한 색깔이나 스타일을 갖고 있지 않으면 재단을 하여 마음에 드는 전통한복을 맞출 수 있었다. 알마는 집에 있는 손녀딸들을 위해 이 알록달록한 드레스를 몇 벌 샀다. 우리

머나먼 여정

형님은 미국에 있는 우리 조카들 한 명 한 명에게 줄 한복을 샀다.

　수많은 식당들이 거리 구석구석과 골목들에 늘어서 있었다. 골목 구석구석에서 누군가의 요리가 뿜어내는 강한 향기를 맡을 수 있었다. 냄새로 어떤 음식인지 알아맞혀서 그들의 요리를 먹고 싶게 만들었다. 그곳은 매우 분주하고 매혹적인 장소였다. 우리는 가져갈 물건을 너무 많이 사서 가방을 하나 더 구입해야 했다. 그것이 나로 하여금 가방이 하나 더 필요했던 2008년 여행을 떠올리게 했다.

　그날 저녁, 공주시청에 있는 은행에서 가족을 찾도록 도와준 여자분인 윤소현 씨를 만나기 위해 시내로 나갔다. 그녀는 승진을 해서 대전으로 옮겨서 근무를 하고 있었다. 원래 대전 출신이었기 때문에 그녀에게 잘된 일이었다. 소현 씨를 다시 만나게 되어 너무 기뻤다. 전화로 우리 가족들과 통화는 했지만 그녀도 우리 가족을 만나는 것은 이번이 처음이었다.

　우리는 그녀를 근사한 해산물 식당에서 만났다. 가족들이 꽃게를 먹고 싶어 해서 여종업원이 우리의 동의를 얻어 아주 큰 알래스카산 킹크랩과 러시아산인 다른 종류의 커다란 꽃게를 가지고 왔다. 그것들은 엄청 컸고, 여전히 살아 있었다.

　꽃게가 요리되고 있는 동안 그들은 다양한 반찬으로 구색을 갖추어 상위를 가득 채웠다. 알록달록하게 전시된 음식이 나를 매료시켰고, 배가 더 고파졌다. 그러고 나서 요리된 꽃게는, 말하자면 아주 멋있는 방식으로 상에 놓였다. 그것들은 먹을 만한 크기로 잘려져서 몇 개의 접시에 쌓여졌다. 작은 조각들에서 껍질을 깨고 살을 끄집어내는 것이 더 쉬웠다.

　형수와 그녀의 둘째 딸 현정은 사정없이 껍질을 깨고, "먹어. 먹어."라고 말하면서 끊임없이 알마와 나에게 게살을 건네주었다. 이날 아내와 나는 킹크랩을 처음 먹어 보았다. 음식이 너무 많아서 먹다 남은 음식을 가져갈 봉지를 달라고 해야만 했다. 모두들 멋진 만남을 가지면서 즐거운 시간을 함께했다. 헤어지기 전에 감사의 표시로 알마와 나는 소현 씨에게 시계와 텍사스 티셔츠를 선물로 주었다.

다른 사람들은 모두 식당에서 집으로 가고 알마와 나는 대전 시내를 구경시켜 주고 싶어 하는 정호와 함께 남았다. 외출에서 돌아왔을 때 늦었는데도 모두들 우리를 기다리고 있었다. 우리는 둘러앉아 정호가 통역을 하는 동안 이야기를 나누었다. 그들은 내년에 우리를 방문하고 싶다고 말했다.

자정이 넘었고 나는 조카와 질녀들이 일찍 일어나서 일하러 가야 하고, 아이들은 학교에 가야 한다는 걸 알고 있었다. 그들이 나의 마음을 읽은 것처럼 방바닥에서 모두 일어나서 아내와 내 앞에 섰다. 한 명씩 한 명씩 그들은 전통적인 절 예식을 행했다. 나는 감동을 받아서 다시 한 번 눈이 촉촉해지면서 불편해졌다. 그들이 의식을 끝냈을 때 우리는 일어나서 미국 옛날식 포옹으로 작별인사를 했다. 그들의 눈은 모두 눈물에 젖었고, 어설픈 영어로 "사랑해요."라고 말했다. 이 말은 내 눈에서 진짜로 눈물이 흘러내리게 만들었다.

형님의 막내딸 이현진과 그녀의 남편 김병찬 그리고 그들의 아들 김성배는 우리가 언제 다시 만날지 몰랐기 때문에 마음에 슬픔을 가득 안고 떠났다. 다른 도시에 살고 있는 큰딸 이현순과 그의 가족에게도 작별 인사를 했다. 그들이 떠날 때엔 미소와 웃음이 서서히 사라졌다.

우리는 일찍 일어나서 짐을 싸고 갈 준비를 했다. 정호가 우리를 데리러 일찍 왔다. 우리는 정호랑 시골 지역을 여행하면서 관광을 하고, 몇몇의

머나먼 여정

유명한 산들을 방문하면서 며칠을 보낼 예정이었다. 10월 말이어서 나뭇잎들이 색깔을 끊임없이 바꾸고 있는 시기였다. 만약에 가을에 뉴잉글랜드 지역을 방문한 경험이 있다면 추운 겨울을 기다리고 있는 나뭇잎들의 화려한 향연을 이해할 수 있을 것이다.

황무지에서 열매를 만들어 내고 있는 야생 감나무들이 꽤 인상적이었다. 시골에 있는 작은 가게에서 이 열매들을 거두어들였다. 사과 크기만큼이나 되는 잘 익은 감들은 놀랄 만큼 맛있고 달았다. 이 감들을 더 달게 만들기 위해 껍질을 벗겨서 매달았다. 여러 날이 지난 후에 이 멋지고, 달고, 즙이 많은 과일은 자연적인 어떤 과정을 거쳐서 최상의 상태가 된다.

구운밤도 아주 맛있었다. 밤나무들은 야생으로 자랐고, 피칸 나무만큼 커질 수 있었다. 이 나무들은 대량으로 생산되는 다른 곡식들처럼 키워지고 농장에서 자라기도 했다. 정호와 함께한 자동차 여행은 편안했고 숨이 멎을 정도로 아름다웠다. 우리는 시골 지역, 산들, 작은 마을들, 그리고 그곳에 사는 사람들을 보았다. 남한이 얼마나 훌륭한 나라인지! 한국이 세계적으로 많은 발전을 이루었지만, 이 작은 시골 마을들을 여행하다 보니 여전히 오래된 전통과 옛날 생활방식들이 번성하고 있는 것처럼 보였다. 그들은 중요한 것들—가족과 일에 대한 열정—을 잊어버리지 않았다. 심지어 큰 도시에서도 오랜 가족의 전통들이 행해지고 있었고, 다음 세대로 전승될 것이다.

10월 23일에 우리는 울적한 마음을 안고 공항에 도착해서 집으로 돌아갈 준비를 했다. 공항에 도착했을 때 형님과 형수님, 그의 둘째 딸과 그녀의 딸 그리고 누나가 우리를 기다리고 있었다. 그들은 대전에서 이른 아침에 공항으로 오는 버스를 타고 세 시간 걸려서 도착했다. 탑승까지 몇 시간의 여유가 있었다. 정호가 통역을 돕기 위해 끝까지 거기에 있었다. 나는 그를 아무리 칭찬해도 다할 수가 없다.

작별을 해야 할 때가 왔다. 한 명 한 명 안아 주면서 이 가족이 서로 얼마나 친밀하고 가까운지 느낄 수 있었다. 우리가 떨어져서 입국장으로 들어가기 위해 줄을 섰을 때 그들의 슬픔과 감정이 느껴졌다. 입국장으로 걸어 들어가면서 사이가 더 멀어지게 되었을 때 눈물이 흘러내리는 그들의 얼굴에서 슬픔을 볼 수 있었다. 마지막으로 손을 흔들고 벽 뒤쪽으로 사라졌지만 나는 그들을 다시 만날 것이란 걸 알고 있었다.

11장

내 마음의 여행

    나는 아주 멀고도 먼 길을 여행해 왔다. 내 삶의 여정이 나를 마음속 저 깊은 곳까지 이끌고 갔다. 나는 한 양동이를 가득 채울 만한 눈물을 흘렸다. 고아원에서 부모가 없는 상태에서 3명의 아버지(친아버지, 테일러 씨, 케네디 씨)와 4명의 어머니(친어머니, 돌아가신 테일러 부인, 테일러 씨의 두 번째 부인, 그리고 케네디 부인)를 가지게 되는 과정을 거쳐 왔다. 나는 친부모를 전혀 알지 못했고, 나를 입양한 부모들에 대해서도 거의 알지 못했다.

    나는 아이였던 적이 없었던 것처럼 느껴진다. 어린이가 될 시간이 없었다. 어른들의 세계에서 살아남는 법을 배워야만 했다. 어릴 때는 그것들이 옳은 것이든 그른 것이든 상관없이 다른 사람들에 의해 나와 관련된 결정들이 이루어졌고, 나는 질문을 하지 않았다. 어른이 되어서는 내가 하는 결정들이 가져올 결과들을 스스로 알고 있었다. 내 자신에게 질문했다. '내 삶에 일어난 사건들이 형제자매들과의 재결합과 함께 내 인생의 마침표를 찍기 위해 의도된 것일까?'

    형제자매들을 찾게 된 것이 단지 우연이었을 리는 없었다. 어떤 간섭에 의해 내가 나의 가족을 다시 발견할 때가 된 것처럼 느껴졌다. 사람의 이해력을 뛰어넘는 어떤 힘, 하늘에 있는 어떤 권능이 이 재결합이 이루어진 모든 과정과 관련이 있었다.

나의 여행이 여기서 끝날 것이라고 믿지 않는다. 나에겐 여전히 곧 밝혀야 할 형제 사이에 존재하는 어두운 비밀이 있다. 나에게 알 권리가 주어지지 않은 문제들도 있다. 문제의 민감성과 그것이 만들어 낼 불편한 감정들 때문에 내가 정확하게 질문을 하지 못했을지도 모른다. 우리 가족의 비애를 알고 이해하고 싶다. 시간이 더 필요하다.

아직 만나지 못한 가족 구성원들도 있다. 한국을 다시 방문해서 보고 싶은 곳들도 있다. 아직 알아 가야 할 것들이 내 인생 여정에 훨씬 더 많다. 가능성을 열어 놓을 필요가 있다. 난 인생을 살면서 많이 비틀거렸고 비참하게 실패했었지만 항상 실망감을 툭툭 털어내면서 견디고 새롭게 시작했다. 나에게는 항상 나를 격려해 주는 친구들이 있었다.

인생은 여정이다. 모든 사람들에게는 자신의 인생 항로가 있다. 이것이 나의 여정이었다. 내가 이 지구상에 살아 있고, 하늘로부터 오는 약간의 도움이 있는 한 나의 여정은 계속될 것이다. 어떤 이유에서든 하나님이 나를 여기까지 이끌어 오셨다. 최근에야 나는 하나님이 항상 나와 같이 계셨다는 것을 깨달았다. 나를 지배했던 것은 그의 보이지 않는 손의 도우심이었다. 나에게 남은 삶을 앞으로 살아갈 동안 하나님이 이미 나를 위해 예비해 놓으신 바른 길을 따라가기를 희망한다.

12장
가족 업데이트

　우리는 모두 자신만의 인생 경험담을 갖고 있고, 이 이야기가 나의 것이었다. 난 생부 이봉진이나 생모 김오순을 전혀 알지 못했다. 나에게는 모르고 있었던 형제자매가 있었다. 전혀 알지 못하는 이모, 고모, 삼촌들이 있었다. 내가 알지 못하는 사촌들, 조카들, 질녀들이 있었다.

　고아원에서 나는 낯선 가족들과 살기 위해 다른 세상으로 보내졌다. 입양을 통하여 뉴저지에서 일시적으로 형제자매를 갖게 되었으나 나의 새로운 형제들은 나를 거부했다.

　졸업과 함께 크레그는 공군에 입대했다. 제대한 후에 그는 유나이티드 항공사에 취직했다. 그는 유나이티드에서 계속 일하면서 서서히 승진의 계단을 올라가서 중요한 경영진의 위치에 올랐다. 그는 40년 이상 몸 바쳐 일한 뒤에 은퇴했다. 그에게는 3명의 자녀와 한 명의 손자가 있다.

　달라스는 20대에 집을 떠났다. 내가 알기로는 군인학교를 졸업한 뒤였던 것 같다. 아무도 그가 어디로 갔고 무엇을 하는지 알지 못했다. 나중에 그가 중서부 지역에서 골동품을 팔고 있다는 이야기를 들었다. 결혼을 했지만 자녀가 없었다. 우리 가족 중에 누구도 그의 아내를 만난 적이 없었다. 그는 나중에 자살했다.

5년이 채 지나지도 않아 나는 다시 입양되었는데, 그 가족은 텍사스에서 누나를 입양한 가족이었다. 아내와 내가 결혼하고 나서 몇 년 뒤에 나는 다시 거절당하면서 그 집에서 쫓겨났다. 난 아직도 그 이유를 모르겠다. 케네디 부인은 내 아이들과 왕래가 없었다. 케네디 씨는 그 일이 있고 난 후 조금 지나서 돌아가셨다. 알마가 케네디 여사를 마지막으로 본 것은 케네디 씨의 장례식에서였다. 나는 25년 넘게 케네디 여사가 왜 나를 쫓아냈는지 설명하는 전화를 기다렸지만, 결국은 받지 못했다. 여러 해가 지난 뒤 글렌다와 그녀를 만나러 갔을 때 그녀는 나를 알아보지 못했다. 치매에 걸려 있었던 것이다. 그녀는 2011년 1월 11일에 86세의 나이로 세상을 떠났다.

누나와 그녀의 딸들과는 계속 연락하고 있다. 그들은 결혼해서 행복하게 살고 있다. 내 질녀들은 자녀들에게는 사랑스러운 엄마이고 남편에게는 사랑스러운 아내이다. 나는 그들을 모두 사랑한다. 그들은 나의 가족이다.

졸업을 한 뒤 글렌다는 몇 년 동안 대학을 다녔다. 그녀는 학교를 그만두고, 바로 뒤에 데이비드 베이커라는 남자와 결혼을 했다. 나는 그를 알지 못했다. 그 당시에 나는 공군으로 군 생활 중이어서 결혼식에 참석하지 못했다. 그녀가 결혼을 해서 매우 행복했다고 믿는다. 그녀에겐 두 명의 아름다운 딸이 있는데 둘 다 똑똑하고 좋은 교육을 받았다. 둘째 딸 홀리는 영어를 전공했고, 알칸사스 주에서 주는 주지사 장학금을 받았다. 이것은 높은 성적을 받은 학생들에게 주어지는 아주 영광스러운 것이었다. 매년 단 2명의 학생들만이 받는 것이라고 들었다. 그녀의 큰딸 타마라도 올 A를 받는 학생이었고 작업치료에서 석사학위를 받았다. 둘 다 재능 있는 음악가들이었다. 타마라는 아주 재능 있는 화가이기도 하다. 그들은 지금 결혼해서 자녀들을 낳고 행복하게 살고 있다.

글렌다는 두 딸을 아주 훌륭하게 키워 냈다. 그녀는 평생 열심히 일했다. 내가 아는 사람 중에 가장 열심히 일하는 사람이었지만 풍족하게 쓸 정도의 여윳돈을 가진 적이 없었다. 월급날만 기다리며 살아가는 대부분의 우리와 같은 처지였다. 그녀가 멋지고 긴 휴가를 보내는 것을 본 적이 없다. 그렇게 아주 열심히 일하는 사람이기 때문에 나는 마음이 편치 않다. 그녀는 자신의 건강과 필요를 생각지 않고, 다른 사람들을 걱정한다. 큰누나처럼 항상 나를 걱정했다. 내 삶에 그런 따뜻한 사람이 있어서 감사하다.

2010년 9월에 형 경길, 형수, 그의 둘째 딸, 그리고 그녀의 다섯 살짜리 딸이 미국을 방문을 했다. 정호가 통역을 해 주려고 그들과 함께 왔다. 이것이 그들의 첫 번째 미국 방문이었다. 그들은 미국에 대해 좋은 인상을 받았고, 텍사스를 사랑했다.

글렌다는 아직 남동생과 누나를 만나지 못했다. 형과 그의 가족을 만난 후에 그녀가 다른 형제자매가 있다는 것을 마침내 확실히 알게 된 것 같다. 그녀는 전에는 형제자매들에 대해서 매우 회의적이었고 확신을 하지 못했다. 나의 모든 형제자매들과 그들의 가족들이 언젠가 미국에 와서, 텍사스를 방문하고, 미국에 있는 다른 가족들을 만날 수 있는 기회가 있기를 희망한다.

나를 처음 입양했던 양부 달라스 테일러 씨는 2011년 4월에 돌아가셨다. 향년 101세였다.

2015년 6월로 나는 결혼한 지 37년이 된다. 내 아내는 완고하고, 좀 까다로울 수도 있지만 나는 그녀를 사랑한다. 그녀의 완고함은 멕시코인 피에서 오는 것임에 틀림없다.

알마, 그 오랜 세월동안 나를 참아 주고 아이들을 훌륭하게 키워 주어서 고마워요. 3명의 손주들에게 멋진 '구엘라'가 되어 주어서 고마워요. 그들은 당신을 아주 사랑해요. 그들은 구엘라의 집에서 자는 날이면 아주 신나 해요.

구엘라는 스페인어로 '할머니'를 의미한다. 정확한 철자는 '아부엘라'이지만 손주들은 그녀를 구엘라라고 부른다.

우리 딸 디안드라와 그의 남편 크레그 프리차드 사이에는 두 딸과 한 명의 아들, 테일러, 애바 그리고 케네디가 있다. 그들은 너무나도 사랑스럽고 난 그들을 몹시 사랑한다.

우리 아들 부루스는 2014년 7월에 제니퍼와 결혼을 했다. 그들은 아직 자녀가 없다.

머나먼 여정

부록

연대표

사진

족보

연대표

1951	아버지가 살해됨.
1954	이경오(존)와 경순(글렌다)이 고아원으로 보내짐.
1958	크리스마스, 몇몇 아이들과 한국을 떠남.
1958	뉴저지 어퍼 새들 리버 지역의 테일러 가족에 의해 입양됨.
1963	텍사스 훅스 지역의 케네디 가족에게 다시 입양됨.
1970	고등학교를 졸업함.
1970~1972	텍사스 주립대 알링턴 캠퍼스를 다님.
1972	크리스마스, 미 공군이 되기 위해 떠남.
1978 6.	알마 로드리구에즈와 결혼함.
2008	한국에서 아이들의 정원 고아들과 다시 만남, 가족들과 재결합함.
2009	한국에 있는 가족을 방문함.
2010	경길과 그의 가족이 텍사스에 있는 존을 방문함.
2012	한국에 있는 가족을 방문하러 감.
2015	《머나먼 여정》 첫 판이 미국에서 출판됨.

1957년 아이들의 정원. 첫 번째 줄에 검은 바지를 입고 작은 소년 옆에 서 있는 아이가 존이다.

미군들의 고아원 방문

크리스마스 때 고아원 소년들. 중간에 서 있는 소년이 존이다.

공군 시절. 1973년 2월

1976년 오키나와 부대 근무 당시

출생지, 공주시

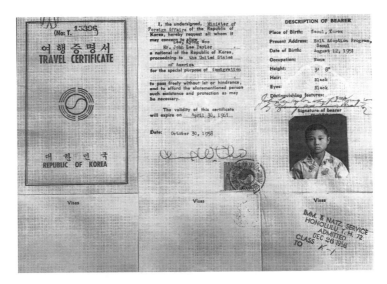

여행증명서

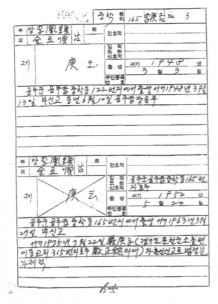

2008년에 가족을 찾았을 때 존에게 준 한국 출생증명서

머나먼 여정

1973~1974년에 공군으로 있으면서 여행 중에 찍은 사진

2009년, 고층 아파트들과 사무실

공주시청 직원인 미스터 리가 존이 그의 가족과 연결될 수 있도록 도왔다.

은행에서 일했던 윤소현 씨가 존의 가족 상봉에 주된 역할을 했다.

머나먼 여정

한국에서 존에게 보내진 가족 상봉 기사

존의 누나, 누나의 아들, 존의 형, 형수님 그리고 다른 친척들과 서울에 있는
사촌 영학의 집에서

형님의 칠순 잔치에서 존의 형제자매들과 그들의 가족 일부

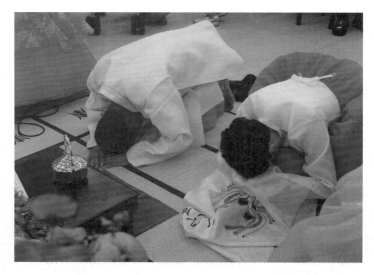

큰 절 올리기

머 나먼 여정

증조부의 무덤. 존의 한국 이름이 그의 두 형제 옆에 새겨져 있다.
그들은 결코 그를 잊어버리지 않았다.

할아버지의 비석. 존의 이름이 여기에도 있다.

2008년 9월 고아원 동창회

2008년 9월, 54년의 이별 후에 형제들과 첫 만남

머나먼 여정

1978년 알마와 존의 결혼식

이정호 박사가 우리가 한국을 방문하는 동안 통역을 도와줬다.

길자 누나, 그녀의 딸과 아들, 그리고 며느리와 시간을 보내다.

톰과 패티, 존과 알마, 그리고 존과 새디(패티의 의견이 가족을 찾는데 핵심이 되었다.
새디가 고아들의 동창회를 개최했다.)

머나먼 여정

글렌다가 그녀의 두 딸, 타마라와 홀리, 그리고 손주들과 함께 존의 가족을 방문하다.

2014년 부루스의 결혼식에서 케네디 일가

손과 클렌덴의 가족을 만나기 위한 정길의 첫 번째 미국 방문

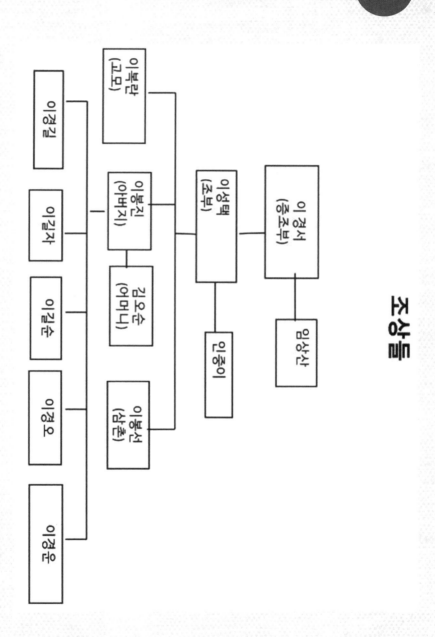

조상들

큰 형님의 가족

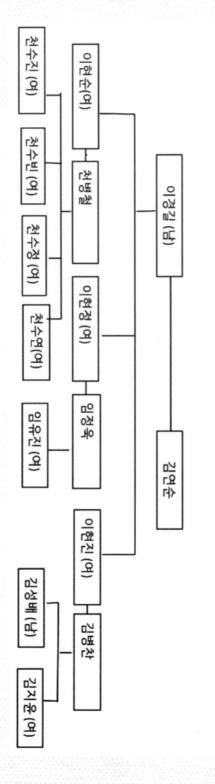

머나먼 여정

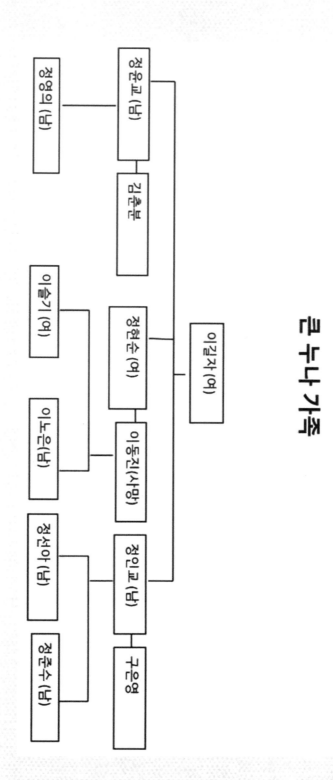

큰 누나 가족

정운교 (남)

정영위 (남)

김춘분

이길자 (여)

정현순 (여)

이슬기 (여)

이노은 (남)

이동진 (사망)

정인교 (남)

정선아 (남)

구은영

정준수 (남)

197

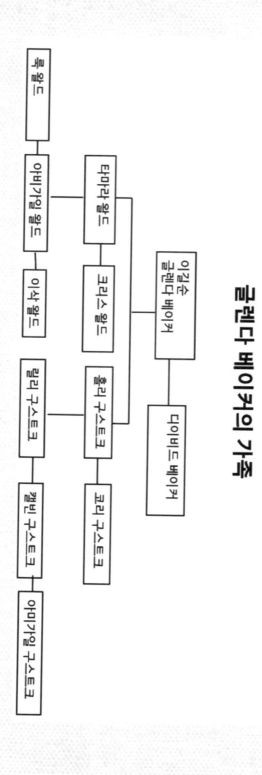

글렌다 베이커의 가족

머나먼 여정

존 케네디의 가족

```
                        태일러 아쉬맨
                              │
                    ┌─────────┤
다언드라 프라자드 ─────────┤         에바 프라자드
      │                       │
      │                       │
크레그 프라자드               │
      │             ┌─────────┤
      │             │         캐네디 프라자드
이경오              │
존 케네디 ──────────┤
      │             부루스 케네디
      │                   │
엄마 케네디          ┌─────┤
                    │     제니퍼 케네디
                    │
                    엘리샤 케네디
```

199

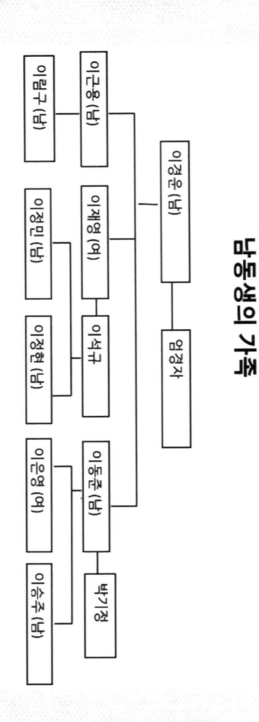

남동생의 가족

머나먼 여정